寵愛の恋愛革命

青野ちなつ

Illustration
香坂あきほ

B-PRINCE文庫

※本作品の内容はすべてフィクションです。
実在の人物・団体・事件などには一切関係ありません。

CONTENTS

寵愛の恋愛革命

「うー……持っていくものが多すぎて、どうしたらいいかわかんないな」

潤《じゅん》が泰生《たいせい》と一緒に住むマンションの一室――たっぷりの収納を誇るウォークインクローゼットの床で、潤は困惑して呟いていた。潤の前に広げられているのは、大きなスーツケース。

それというのも大学生の潤は九月まで夏休みで、これまで忙しかった分を取り戻すべく八月も終盤の明日からバカンスへと出発するのだ。

出発の準備は少しずつ進めてはいたが、潤もアシスタントとして関わっていた泰生の演出の仕事が終わると、今度は潤の母やその家族たちがイギリスから来日して、時間的にも気持ち的にも余裕がなくなってしまった。一緒に観光したり母の妊娠という予想外の出来事にバタバタしたりと、ようやく母たちをイギリスへ送り出したのは今日の朝のことである。

「おかしいな。何でこんなに多くなっちゃったんだろ……」

大学生でありながらバカンスへ行くのは少々贅沢《ぜいたく》だが、潤の恋人である泰生はこの時期でないとまとまった休みが取りづらい。世界的に活躍するトップモデルである泰生は、最近は演出家としても名をあげており、そのせいで連日とても忙しかった。今はヨーロッパを中心に活動している泰生は、ヨーロッパがバカンスを取る八月から、今回はその後の九月にかけて大型休暇を取るようにしているのだ。

それに潤も便乗する。いや、泰生が潤の夏休みであるこの時期にバカンスを取るのは、潤とすごす時間を大切に思ってくれていることもあるようだ。

そんな泰生の気持ちが潤はとても嬉しかった。

今回のバカンスの行き先は、南イタリアの地中海――洞窟内で神秘的に青く光る海で有名な『青の洞窟』があるカプリ島という小島で、そこの別荘に招待されたのだ。

招待主は、去年の夏にフランスのパリで泰生を通じて友人になったギョーム・イヴォン・ド・シャリエだ。フランス革命以前は男爵の地位にいたシャリエ家はヨーロッパでも有数の大富豪で、世界的に有名なファッションブランド『ドゥグレ』のCEOという事業家の顔も持つ。潤とはずいぶん歳が離れているせいか、『ぺぺギョーム』というフランス語でギョームおじいちゃんという呼び方を許してくれるギョームとは、今やメールやグリーティングカードを頻繁にやり取りするほどの仲良しだった。

そんなギョームも潤たちと同じ時期にバカンスを取るらしく、そのことを知ったギョームが別荘へと誘ってくれたのだ。バカンスへは、ギョームの恋人であるロジェ・ベルナールも同行するという。ロジェも潤とは仲のいい友人なので、彼と会うのも楽しみだった。

「昼間は暑くても、朝晩はやっぱり寒いよね。この前送った分だけで足りるかな。うーん、やっぱりもう一枚カーディガンを入れとこう」

独りごちて、潤はスーツケースにカーディガンを押し込む。

バカンスへ出発する前日だというのにこうしてのんびり準備が出来るわけは、必要な衣類や勉強道具などは、既にバカンス先へ送付済みだからだ。バカンスというだけあって現地にはひと月ほど滞在するため、二人分の服だけでもひと荷物あった。

しかしそうして事前に送ったとはいえ、荷物をチェックしていたら入れ忘れに気付いたり急に心配になって色々な準備をしたりとバタバタするうちに、潤の周りには物があふれてしまったのだ。すべてを入れようとすると、大きなスーツケースでも入りきらない。

「圧縮袋は…………どうしよう」

ものの多さに、潤はため息をついた。

少し休憩にしよう……。

ちょっとだけと潤はくったり壁にもたれかかり、ガイドブックを手に取る。先ほどからこんなことを繰り返しているから先に進まないのは十分わかっていたけれど。

「何度見ても真っ青な海。こんな景色が本当に見られるのかな……」

ギョームの別荘があるカプリ島は、南イタリアにある島だ。ブーツの形をしているイタリアの甲部分の少し上に位置するだろうか。世界遺産にも登録されているアマルフィ海岸からも近く、世界中からセレブが集まる高級バカンス地らしい。

「途中ローマとナポリも通るから、どこか行けるかな。ナポリでマルゲリータを食べたいけどどうだろう。シーフードも美味しそうだし、あっ、レモネードは絶対だよね。ブラッドオレンジジュースでもいいけど。エスプレッソとカプチーノもまた飲みたいなぁ」

ガイドブックをつらつら眺めていたら美味しそうなグルメの写真がたくさんあって、潤の思考もついそちらへと流れていく。

「ラビオリ・アッラ・カプレーゼにナスのスカペーチェ？　イカのフリットも美味しそう。何よりプロシュット！　生ハムはどれも美味しそうだな」

「――なんか変な呪文が聞こえると思ったら、食いもんだったのか」

顔を上げると、扉枠に倚《よ》りかかるようにして泰生が立っていた。ゆるっとした長袖のサマーセーターにパンツというナチュラルな格好をした泰生は、先ほどまでパソコンの前で仕事をしていたのだが、どうやら終わったらしい。

「泰生、魚が入ったオレンジのスープってどんな味だと思いますか？」

「わかんねぇな」

訊ねた潤に、泰生は長めの黒髪を揺らしてあっさり肩を竦める。潤が拗《す》ねた気分で唇を尖《とが》らせると、笑いながら歩み寄ってきた泰生は潤の手からガイドブックを取り上げた。

「気になるんなら、ギョームんちのシェフに作ってもらえばいいんじゃね？　まぁ、見た目は美味そうだけど。ところで、何してんだ？　こんなに荷物を広げて」

「持っていくものの最終確認をしているんです。泰生も手伝ってくれませんか？　ちょっと多くなりすぎて困っているんです」

「それはいいが、いや……よくねぇよ。こんなものまで持っていくつもりなのか？」

呆れた顔で泰生が取り上げたのは小型の懐中電灯だ。

「別荘内だったら夜の散歩も出来るって言われたので、持っていったら便利かなって」

「んなの、必要になったら貸してもらえばいいだろ。この大量の飴は何だよ？」

「のど飴です。イタリアは乾燥するし、喉を保護するのにあったらいいって聞いて」

「そりゃ悪くないけど、こんな四袋もいるか？」

一週間にひと袋という計算だと潤が言うと、泰生がまずいものでも食べたような顔をする。

「とりあえずこのブランケットはいらねぇよ、出せ出せ。虫除けスプレーに蚊取り線香？　こっちは何だ。洗剤に洗濯ロープにピンチって……潤。おまえ超がつくほどの高級別荘で、洗濯する気だったのか。全部任せればいいんだって、使用人が何人いると思ってんだ」

島の別荘でバカンスなど体験したことがないために色々と準備したのだが、泰生の話を聞いていると、ギョームの別荘はとんでもなく規模の大きなものであることがわかった。

じゃ、ドライヤーも普通に貸してもらえるかな……。

潤はスーツケースに入れていたドライヤーをそっと外へ出す。その間も、しゃがみ込んだ泰生は潤が用意したものを不審そうに手に取っていた。

「この前も大量に勉強道具を入れ込んだくせにまだ持っていくのか？　おまえ、何しにバカンスに行くんだよ。これは何だ、キリル文字って……あぁ、ロシア語の教材か」

「わーっ、これはいいんですっ」

慌てて本を取り上げた潤に、泰生が片眉を上げる。にやにやと笑う泰生に、潤は恥ずかしげに目を逸らしてロシア語の教材を背中に隠した。

「今はそっちの勉強もしてんのか。へぇ？　もしかしておれのために？」

前回の泰生の仕事で関わったユースコレクションの最中、ロシア人と話す機会があったのだが、潤はもとよりその場の誰もロシア語がわからずに難儀する出来事があった。ちょうどその場に居あわせたフランス人がロシア語もわかると通訳を買って出てくれたが、それでもロシア人とはスムーズに会話出来なかった苦い経験から、潤は自分の進む道を決意したのだ。

泰生の仕事に、潤なりに関わるために言語方面を勉強しよう、と。

泰生の演出の仕事の舞台は、世界だ。泰生自身も六カ国語を話せるけれど、潤はそれに加えてさらに多くの言語を習得したいと考えていた。出来れば、通訳として活躍出来るくらいには話せるようになりたい。そういう側から泰生を支えたいと願って、今猛烈に勉強中だった。

「おれは、何も出来ないから。クリエイティブな方面でレンツォや皆のように泰生をサポート出来ないし戦力にはほど遠いので。でもこういうことだったらおれにも出来るかなって……」

潤が言うと、泰生は少し困った顔をしていた。が、ふっと表情が緩む。

「おまえ、バカだなぁ」

優しい声が降ってきたかと思うと、七分袖のカットソーを着た二の腕を引き寄せられ、潤は抱きしめられていた。前髪をかき上げられて、額に柔らかいキスをされる。

どうしてこんな優しいキスをされるのか。

上目遣いに見上げると、その瞼にも唇を押し当てられた。鼻筋を辿るようにキスをしながら降りてきた泰生の唇は、潤の口にも特大のキスのスタンプを押した。

「ん……」

「おまえって自己評価が低すぎるよな。子供の頃に褒《ほ》められていないせいだろうけど。最近は少しよくなったと思っていたのに、根っこの部分は変わんねぇのなぁ」

たくさんのキスをしてくれた泰生の唇は少し呆れた口調でそんなことを紡ぐ。

それを聞いて、以前に友人の未尋《みひろ》からも同じようなことを言われたなと潤は思い出していた。

潤の周りにいる人間がすごすぎるのが原因じゃないかなんて、あの時は話をしていて潤も少し納得したが、泰生の言うことも一理あるのかもしれない。

泰生の言葉を聞くと、今の自分も少しは泰生の助けになっているようだが本当だろうか。

そんなことを考えていたのがわかったのだろうか。泰生と目が合うと、もう一度「バーカ」と柔らかく叱るような声で鼻先にキスをされる。

「おまえは今でも十分戦力になっているぜ？　おまえが大学生だから今は雑用ぐらいしか任せてねぇけど、普通だったら腐るようなそんな雑用でもおまえは絶対手を抜かないし言われた以上のことをしようっていつも考えてやってるだろ。あのチェックの細かい黒木《くろき》が潤の仕事だと文句ひとつつけねぇんだから納得の話だろ？」

「でも……そんなのは当たり前ですから」

「当たり前のことを出来るヤツがすげぇんだよ、雑用だって大事な仕事だ。それにレンツォも褒めてたぜ？　電話は全部任せられるって。潤は英語もフランス語もペラペラな上に、最近はイタリア語もすげぇ頑張ってるってさ。おまえ——レンツォに、時間があるときはイタリア語で会話してくれってお願いしてんだってな？　去年まで単語さえまともに知らなかったはずなのに、今じゃもう普通に会話が出来るってレンツォも驚いてたな」

努力のあとを見られると気恥ずかしい思いがするのはなぜだろう。

「レンツォは変な言葉ばかり教えようとして、少し困っています」

「変な言葉って？」

「その、いやらしいこととか……」

話を逸らそうと潤が言うと、泰生は喉で笑う。

「そりゃ、仕方ねぇよ。イタリア語は下ネタが多いから。いや、一般的にはまともな単語でも、隠語でスラングになるってヤツ？　逆もあるよな。スラングでもごく普通に、女でも会話に使う言葉も。おれも、親しい人間の前では平気で使ってるぜ。例えば――」

泰生が口にしたイタリア語は本来なら人前で使うのが恥ずかしいほどの淫語だ。

潤は耳を疑って泰生を見る。が、泰生は平然と潤の視線を受け止めた。

「もちろん潤が使う必要はないけど言われることはあるだろうから、知っておくべきだろうな。スラング以外にも実は悪口も多くてさ、おれが英語以外に最初に話せるようになったのがイタリア語だったんだぜ。ま、それだけ罵詈雑言《ばりぞうごん》を浴びせられたってことだけど」

もちろんその三倍はお返ししたがなと楽しそうに泰生は話す。

その話は、おそらくモデルになるためにヨーロッパへ渡った当初のことだろう。泰生の資質と強烈なキャラクターに、初めは業界から嫉妬と反発を受けたと聞いたことがある。

「ん？　何の話をしてたんだっけ。あぁ、そうだ。んなわけだから、潤が頑張ってくれんのは嬉しいが、あんまり気負うなって話。今のままでも十分戦力になってんだ。何も出来ていないわけじゃない。まぁ、ロシア語を勉強してくれんのは助かるがな。でも、バカンスくらいのんびりして遊べばいいんだよ」

つい色々なことを考えてしまう潤に、泰生は苦笑してくしゃくしゃと頭を撫でてくれた。すぐ間近から見下ろす泰生の目が優しくて、潤は赤くなって頷く。

「だいたいさぁ――」

そうして、泰生は何か企むように表情を変えた。意地悪そうに眦《まなじり》をつり上げて唇を歪める泰生に、潤は思わず身構える。

「荷物の準備なんかより、一緒に旅立つ恋人のコンディションを整える方が先なんじゃねぇ？ ここ最近、おまえはユアンや母親に構いっきりだった上に、帰ってきても何かつれねぇしさ。あーあ、おれってこんな傷心のままバカンスに旅立つのか」

「それはっ……泰生が日本にいるうちに出来る仕事をやるんだって忙しそうだったので、邪魔したらいけないなって思って！」

潤が誤解だと声を大きくすると、泰生はクツクツ笑いながら頷いた。

何だ、泰生もわかっていたのか。いや、揶揄《からか》われたのだ。

唇を尖らせると、泰生は悪戯っぽい顔を作ってそんな潤の唇を人差し指でつついてきた。

「だから、おれはもう仕事は終わらせたって言ってんだ。荷物の準備だって、あとでおれが手伝ってやるし、つぅか潤に任せるととんでもない量になりそうだからな。それより大事なことがあるだろって話。出発前のラブラブ――しようぜ？」

瞬間、潤は頭が爆発するような音を聞いた気がした。その証拠に、顔が猛烈に熱い。そんな潤を余裕たっぷりに見つめる泰生に、何とか動揺から立ち直った潤は必死で言い訳を考える。

「でもっ、でもまだ買いものにっ……」

「買いものって、この上何を買うんだよ。残りはイタリアに行ってからでもいいだろ」

「日本じゃなきゃ買えないものなんですっ。えっと、えっと、そうっ！　インスタント味噌汁を買わなきゃ！」

思いついて潤が叫んだ瞬間、遠くで電話の鳴る音がした。あの音は泰生のスマートフォンだ。

「……泰生、電話です」

「ッチ。いいところで」

潤がそっと促すと、泰生は舌打ちをして立ち上がった。別にラブラブしたくなかったわけではないけれど、やはり明るいうちにそういう感じになるのはどうしても恥ずかしいのだ。

口の中でぶつぶつと言い訳を繰り返しながら、潤はスーツケースに入れていたカーディガンをデタラメにもう一度畳み直した。

電話が終わったら、続きって言われるかな……。

「あぁ、おはよう。って、こっちはもう夕方だけどな――」

心臓をドキドキさせながら耳を澄ますと、フランス語で泰生が話す電話の相手が、今度バカンスでお世話になるギョームであることがわかった。何やら頼みごとをされているようで、最初は渋っていた泰生だが、どうやら押し切られそうだ。

「ぺペギョームですか?」

潤がリビングへ歩いていくと、ちょうど電話を切るタイミングだった。

「ったく。この短い期間で演出の依頼をねじ込みやがった。こういうとこは、本当ギョームには敵《かな》わねぇな」

「演出、ですか?」

「あぁ。バカンスの後半にパーティーの予定が入ってたろ? そこで、何か余興を演出して欲しいだと。単なるギョームの思いつきだぜ。おれが参加するんだから、何か面白いことをさせてみようってさ。ん、メールが来た。資料ってこれか……あー、何だこれ」

さっそくパーティーの要項の資料がギョームから送られてきたらしい。タブレット端末をいじっていた泰生が、しかし困惑の声を上げる。

「どうしたんですか?」

「ん、クラシックなパーティーなんだ。これじゃ面白みがないって、ギョームが余興を頼んでくるのもわからなくもない。が、本格的なクラシックなパーティーで、おれに演出を依頼するのが間違ってるだろ。招待客も年齢層が高いし、ハイソサエティーすぎ。厄介だな」

どうやら難しい案件だったようだ。ぶつぶつと文句を口にする泰生に、潤は自分たちも招待されているパーティーを思い出していた。

ギョームが主催して開く予定のパーティーは、会社の人間や親戚や友人など身内を労《ねぎら》うこぢんまりした規模のものだと聞いている。慰労会のような派手ではないパーティーゆえに、いつもとは方向性が違うと泰生は困惑しているのかもしれない。

「ジーサンバーサンたちの前で奇抜なことをしてみせても浮くだけだし、目の肥えた人間相手に生半可なことをやっても評価されないだろうし、パーティーの雰囲気から外れんのもなぁ」

そんな泰生が、ふと顔を上げた。

「そうか、あれはどうか――」

何かを思いついたように目を輝かせて考えを巡らせる泰生に、潤はワクワクする。

「いい考えがありましたか？」

「あぁ、ちょっと思いついた。ギョームのヤツ、いつものように無理難題を押しつけておれが苦労するのを楽しむつもりだろうが、そうはさせるか」

取り上げたスマートフォンで泰生が今度話し始めたのはイタリア語だった。早口でしゃべる泰生のイタリア語をすべて聞き取ることは難しかったが、それでも親しげに話す様子から相手がなじみ深い人物で、今度のバカンス中に面会の約束をしていることがわかった。

電話をする泰生は新しいおもちゃを前にした子供のように、何とも楽しげな顔をしている。

そんな泰生に潤も胸を高鳴らせる一方で、先ほどのラブラブの続きはなくなったのを察して少しだけ残念に思った。


「すごいっ！　見渡す限りレモン畑だ！」

感動した潤は大きな声が出ていた。

南イタリア、ギョームの別荘がある島に着いて二日目。潤はレモン畑を縫うように作られている緩やかな坂道をひとり歩いている。

日本から半日ほどかけてイタリアの首都・ローマへ到着したのはおとといのこと。空港を出たらもう夜だったためにその日はローマに宿泊し、翌朝ナポリを経由して高速船で向かった島が、ギョームの別荘があるカプリ島という超高級リゾート地だ。

古くは古代ローマ時代から貴族の別荘が建てられていたというカプリ島には、今やラグジュアリーな別荘はもとより世界中から集まるセレブたちが満足出来るような贅沢なホテルやショップが建ち並び、それを目当てにさらに多くの人が集まる一大観光地となっている。

一般的なバカンスシーズンとしては終盤に入ったとはいえハイシーズンに変わりはなく、船が着いたマリーナは大勢の観光客でとても賑やかだった。潤たちはそうした観光客の集団から離れて、迎えに来てもらっていた車で街から離れた別荘へ向かい、ようやくギョームと再会することが叶った。先に別荘入りしていたギョームとロジェは、歳の離れた泰生や潤を昔なじみのように熱烈に歓迎してくれた。

昨日は移動に次ぐ移動で疲れたこともあり別荘内を探索するにとどめたが、今日は昨日の分も取り戻すべく、午前中から精力的に動き出している。

今回潤たちが滞在することになったギョームの別荘はとにかく何から何まで贅沢な造りだ。驚くほど広い敷地はもとより、そこに建つ瀟洒《しょうしゃ》な別荘の建物も南欧らしい明るい雰囲気で、部屋数も多い。昨日の探索のときに覗いた程度だが、豪奢なサロンや舞踏会も開けるような広いホール、図書室や撞球《ビリヤード》室なんていうのもあった。何より、建物は海に張り出すようにして崖の上に造られているために眺望がすばらしい。目の前には真っ青な地中海が遙か地平線まで広がっており、昨夜は海に沈む夕日まで堪能出来た。天候や時間帯によって海の色が刻々と変わるのもすばらしいし、南イタリアの明るい日差しのもと、透明度が高いお陰で海底まで覗けるような海岸線を眺めるのも気持ちがよかった。

しかも、ギョームの別荘にはプライベートビーチとマリーナがある。

今朝、別荘の中で一番眺めがいいサロンのテラスで泰生と一緒に遅めの朝食を取りながら、今日はそのビーチで海水浴をしようと話し合ったのだが、出がけに泰生に仕事の電話がかかってきてしまい、潤ひとりだけが先にビーチへ行くことになったのだ。

断崖絶壁に建つ別荘からプライベートビーチへと続く道は、レモン畑の中を蛇行するようななだらかな散歩コース。濃い緑の葉の間から黄色い果実が見え隠れするレモンの木が斜面に張りつくように連なる光景は、南イタリアへ来たなとつくづく感じさせる。

ギョームによるとビーチへ直行出来る階段もあるらしいが、ロジェが語ってくれた景観のすばらしさに感銘を受けて、潤は迷わずこの道を選んでいた。

ほのかにレモンの花の甘い香りもして、潤がウキウキとした気持ちで二人分の荷物が入ったバッグを抱え直したとき。

「Buon giorno《ボンジョルノ》!」

どこからともなく野太い声でイタリア語の挨拶をされて潤はぎょっと飛び上がった。それを見てか、さらに笑い声も聞こえてくる。きょろきょろと周囲を見回しても挨拶の相手を見つけられない潤に、また声がかかった。

「Son qui《ソンクィ》!」

ここだよとの声に導かれて振り仰ぐと、レモンの木に立てかけられたハシゴの上に壮年の男が愛敬《あいきょう》のある笑顔を浮かべていた。このレモン畑で働いているスタッフのようだ。

「B…Buon giorno!」

緊張して潤もイタリア語で挨拶を返すと、男はよく出来たというように何度も頷いてハシゴを降りてきた。恰幅《かっぷく》がよすぎてお腹もずいぶん出ているけれど、男の動作は軽快そのものだ。

「日本からお客さまが来るって聞いていたが、君がそうだね？　おっと、イタリア語はわかるかい？」

「はい、わかります」

「そりゃよかった。ずっとにこにこしながら歩いてきてたね。レモン畑を見るのは初めてかい？　私の畑はすばらしいだろう？　うちでは一年中色んなレモンが採れるよう栽培しているんだよ。よし、日本からのお客さまのためにひとつご馳走しよう」

訛りの強いイタリア語で潤には半分ほどしか意味がわからなかったけれど、籠からレモンを取り出すのを見て、自分の意訳がそれほど間違っていないことがわかった。

しかし、そのレモンの大きさには驚く。男の手と同じくらいだったからだ。下手すると、潤の顔くらいあるかもしれない。

「これがレモンですか」

確かに、色はレモンだ。けれど表面はボコボコとした凹凸《おうとつ》があって、形もきれいなレモン型ではなくかなりのずんぐりむっくり。

不思議に思う潤の目の前で、男は腰のバッグから取り出したナイフで黄色い皮を剝《は》ぐ。と、辺りにパッと爽やかなレモンの芳香が漂った。何をするのだろうと見ていると、黄色い皮の下にあった白い綿のような部分をナイフで大きく削《そ》ぎ切った。

「ほら、食べてごらん」

ナイフの上に載せたまま切った身を差し出されて、潤は指でそれを取る。躊躇《ちゅうちょ》したのは少しだけ。覚悟を決めて、口の中に入れてみた。

「ん！」

レモンだから酸っぱいと思ったのに、逆にほのかに甘くて驚いた。

「美味しいです。でも、これってレモンですよね？」

「チェドロって言うんだ。普通のレモンのようには酸っぱくないんだよ。食べるレモンって言ったところかな。塩をつけてそのまま齧《かじ》ったりカットしてサラダに使ったりするんだ。近いうちに別荘でもメニューに上がるんじゃないかな」

ナイフで削いでもらったふたつ目に、潤はまた指を伸ばしてしまった。

「うわぁ……本当に美味しいです」

みずみずしいレモンの香りと柔らかな甘みが癖になる。いっそ違う果物と言った方がいいかもしれない。そのくらい知っているレモンとまったく違っていた。

「そうだろう！　私が作っている自慢の品だからね。何だったら、幾つか持っていくかい？　今からビーチへ行くんだろう。泳ぎ疲れたら齧るといい」

潤の感想を聞いて嬉しげに頷いたかと思うと、男はことさら大きなチェドロをふたつ差し出した。潤は感激して受け取る。

「カプリの海を楽しんでおいで！」

男に送り出されて、潤は大きなチェドロを抱えてまた歩き出した。しかし、そうして楽しんで歩いていられたのは少しの間だけ。別荘から海へ向かう蛇行した道のりはなかなか長くて、途中プライベートマリーナへと続く分かれ道でも脇目も振らず、潤はビーチへの道を辿った。

マリーナもプレジャーボートもまた今度！　今は早く海につかりたい。

「なんたって、暑い〜！」

周囲に人影がないのをいいことに、潤は天を仰いで呻く。

太陽はまだ真上に来ていないのに日差しが強くて、潤はもう音《ね》を上げる寸前だった。

ラフィア素材のつばの広い帽子を被り、膝上丈の水着の上に長袖パーカーを羽織って万全だと思っていたのに、それでも予想を超える暑さには閉口していた。特に膝から下は無防備だったせいか足下がじりじりと痛い。日に焼けているのをまざまざと実感する。

でも日焼け止めは塗ってるから、大丈夫だよね……？

日に焼けても赤くなるだけで黒くはならない潤だが、ひりひりとした日焼けの痛みはしっかりあるため、今日も出来るだけ焼かないように日焼け止めのクリームをしっかり塗っている。ヨーロッパでこんがり日焼けしているのはセレブの証だと聞いたことがあるが、バカンスの間こんな別荘で遊んでいたら確かに日焼けもするだろう。現に、昨日潤たちを迎えてくれたギヨームやロジェは既にいい感じに焼けていた。

自分もあのくらいは黒くなれたらいいのにと潤が思い出しながらふと顔を上げると、レモン畑がほんの十メートル先で唐突に終わっているのが見えた。期待が膨らみ、急に歩みが元気になる。しぜん速足になってカーブを曲がると、一気に視界が開けた。

「う……わぁっ！」

真っ青な海が一面に広がっていた。

青い空のもと――白い砂浜に澄んだ海の青色のグラデーションは目が覚めるほど美しい。薄い水色に見えるのは浅瀬で、濃いブルーの部分は海が深いのだろう。南イタリアの強い日差しを受けて、海面がキラキラしているのも格別だった。

それほど大きなビーチではないが、遠浅の海のせいか白い砂浜がずいぶん先の方まで広がっているのがわかる。片側に別荘の建つ崖がビーチを守るようにカーブしながらそびえていて、奥まった感じがちょっとしたシークレットビーチの様相も呈していた。

潤はレモン畑の傍《かたわ》らにある藤蔓《ふじづる》のパーゴラの日陰に荷物を置くと、ビーチサンダルを脱ぎ捨てて波打ち際まで走る。白い砂は日に焼けていて、足の裏が痛いほど熱かった。

「ひゃっ。けっこう冷たい！」

押し寄せる波が裸足を濡らして、潤は思わず声を上げた。けれど冷たいと思ったのは砂が熱かった反動で、慣れてくると心地よい水温に頬が緩んでくる。波打ち際にずっと立っていると、引き波が裸足の下にある砂を削り取っていく感覚もくすぐったくて面白かった。

海水浴って、考えたら初めてかもしれない……。

泰生と出会うまでは勉強にしか興味がなかったし、学校の行事も毎回林間学校ばかり。泰生とはプールには何度も行ったけれど、本物の海へ泳ぎにいったことは一度もなかった。

そう思うと、あまり泳げる方ではない潤はちょっと緊張してくる。もちろんまったく泳げないわけではないけれど、プールでも二十五メートル泳げば息が上がるほど。海なんて、二十五メートルどころじゃない広さがあるのだから、下手に泳いだら溺れるかもしれない。

だからと、慎重に海の中を膝の高さまで進んでみた。

「すごい……カプリ島の海がきれいなのは、水が透き通っているせいかもしれない」

足の甲に、太陽の光が線や輪になって揺らぐさまが幻想的で思わず見入ってしまう。

潤は嬉しくなってパーゴラへと取って返すと、バッグの中から水中メガネを取り出した。泰生が別荘の使用人に頼んで準備してもらった品だ。パーカーは迷ったが、濡れても構わないものだったためそのまま着ていることにした。

今度は腰まで海につかって、水中メガネをつけて覗いてみる。

「うわ、うわっ、うわぁ……」

そこからは、潤はブルーの世界に夢中になってしまった。

途中から溺れる怖さも忘れて頭まで潜《もぐ》り、どこまでも透き通った海の中を三百六十度満喫する。海の中から見上げる海面も揺らめくガラスのようで不思議だった。

あのガラスの向こうにはどんな世界が広がっているのか——。

海の中を泳ぐ魚はそんなことを考えているのではないかと潤は考えもした。

「おーい、潤!」

小さな魚に夢中になって息継ぎを忘れて慌てて浮き上がったとき、名前を呼ばれた気がして顔を上げた。周囲を見回すと、レモン畑を降りてくる泰生の姿を見つける。その後ろに、ギョームとロジェが使用人を引き連れてゆっくり歩いてくるのも見えた。

「泰生、ぺぺギョーム、ロジェ!」

潤は水をかき分けながら陸へと戻り始める。

水位が下がるに従って、浮力を失い体が重く感じた。それさえも楽しい。

「こんにちは。ペペギョーム、ロジェ。泰生っ、海の中はすごくきれいでしたよ。透き通っていて、どこまでも見通せるんです！」

「へぇ、楽しみだな」

波打ち際まで辿り着いたところで、泰生たちが白い砂浜へ降りてきた。鮮やかなオレンジ色のシャツをはためかせる泰生は、下は膝丈の水着を着ている。

「やぁ、ジュン。昨日はよく眠れたかな？　今日はさっそくカプリの海を楽しんでいるね」

金髪に優しい空色の瞳をした六十代の男こそ、今回別荘に招待してくれたギョームだ。日焼けした貫禄ある長躯を爽やかな白いシャツで包んだギョームは、にっこり笑って潤へと腕を伸ばしてくる。挨拶のビズを求めてだろう。が、潤は遠慮がちに身を引いた。

「あの、海から上がったばかりでまだ濡れているから」

パーカーからしたたり落ちる水滴を見ながら、手許にタオルを準備しておけばよかったと、スマートではない自分を残念に思う。しかし、ギョームはさすがパリジャンだ。

「本当だ。頭の先まで海につかったんだね。でも僕は大歓迎だよ。今日はまだ海に入っていないから、海の香りだけでも味わわせて欲しいね。さぁ、おいで」

茶目っ気たっぷりにウィンクをしてそんなことを言い、ギョームは潤を引き寄せて両頬に代わる代わる小さなキスをする。潤は顔が熱くて仕方なかった。

「おーい。恋人の目の前で、口説いてんじゃねぇよ」

変に照れる潤に気付いてか、泰生が舌打ちをする。潤は泰生のもの言いにこそドギマギした。単に濡れても大丈夫だよと気を遣われただけだが、若い頃は名うてのプレーボーイだったというギョームだから、ちょっと色っぽさも交えた上手い言い回しにはつい動揺してしまう。いや、耳にオシャレなフランス語のせいかもしれない。こういうのをエスプリと言うのか。

「ジュン、気持ちよく泳いだみたいだな。だが、あまり最初から無理はしないように。海水浴は体を冷やす。ほどほどになさい。何事もほどほどだ」

格言めいたことを言いながら潤に手を差し出してきたのは、ギョームの恋人のロジェだ。ギョームより五、六歳ほど若いロジェ・ベルナールは、イギリスとフランス両方の血を引く翻訳家である。白っぽくなった銀髪を後ろへと流して銀縁のメガネをかけ、ひょろりと痩せた体に堅苦しいくらいかっちり着込んだスーツがトレードマークのイギリス紳士だったが、さすがにバカンスに来ているからか、今日はシンプルなシャツにトラウザーズという格好だった。

「しかしタイセイは、今の言葉くらいで口説くなと目くじらを立てるのだから、普段も相当ヤキモチを焼くのだろうな。嫉妬深い恋人だと、ジュンも困るだろう?」

「いえ、おれはそんなに困ったことはないです」

潤と挨拶の握手を交わすときだけ、ロジェの気難しげな面立ちが少し緩んだ。偏屈そうな表情の下は思いがけなく整った顔をしている彼も、ギョームほどでないが日に焼けていた。

そして、ちょっと皮肉屋でもある。

潤は笑って首を横に振った。潤の返事に、泰生が嬉々として肩を抱き寄せてくる。

「そらみろ。潤の返事を聞いたか？　ロジェ。だいたい愛し合っている恋人同士のジェラシーが強くて何が悪い。そもそも、潤は奥ゆかしき日本人なんだ。ギョームやロジェみたいに愛の国で生まれ育ったわけじゃないんだから、あんたたちにはたいしたことはなくても、潤には面食らうほど色っぽく聞こえるんだ」

「ふむ、日本人の奥ゆかしさはよく耳にするな、良くも悪くもだが。しかし君がそこで開き直るのは褒められたものではないと思うがね。恋人を雁字搦《がんじがら》めに縛りつけると、息苦しくなって結局は離れていってしまうのではないかね。それでもいいってわけだな？」

「まさか。その辺の加減はしっかりしてるよ。けど潤の中で好感度が高くなると、厄介なんだ。潤の関心があちこちに移る。ムカつくじゃねぇか」

ロジェと泰生は昨日もこうして言い合っていた。いや、軽い議論というものだろう。二人とも難しい顔をしているが、どうやら内心はずいぶん楽しんでいるようだ。

皮肉屋のロジェを言い負かそうと、泰生は感情的に訴えたり理路整然と言葉を並べたりと色んな方面から攻めていく。意外だったのは口が重いと思っていたロジェだ。議論好きのイギリス人とフランス人両方の血をしっかり引いていたようで、泰生の口撃にロジェは柔軟に対応していた。しかも生真面目な雰囲気を崩さないところが聞いていて楽しい。

昨日はすわケンカかと議論を交わす泰生やロジェに潤は青くなったり赤くなったりしていたが、二日目の今日は安心して二人を見ていられた。

性格は真逆だが、案外ふたりは気が合うのかもしれない。

おれとペペギョームみたいな感じかな……。

しかし、そんな二人の仲のよさをギョームは羨むようだ。自分も仲間に入りたくてたまにギョームも発言するのだが、ギョーム自身はあまり理屈をこねくり回すことは好きではないらしくあっという間に結論へ持っていって、二人にこてんぱんにされてしまっていた。

ロジェは泰生が嫉妬深いと言うが、ギョームだって同じくらいロジェに執着心を抱いている。

それをロジェはわかっているのかなと思いながら、まだジェラシー論議をしている泰生とロジェをつまらなそうに見つめるギョームに潤は微苦笑した。

ギョームって、本当にロジェが好きで好きでたまらないんだな……。

「ペペギョーム、今日はロジェと朝から何を楽しまれたんですか？」

そんなことを思いながら、今朝潤たちが起きたときにはもう別荘を留守にしていたギョームの行き先を訊ねてみる。

「オウ、そうなんだよ。ジュンたちに美味しいものを食べさせようと、魚を仕入れに行ってきたんだ。マリーナで、漁に出ていた船と直接交渉をするんだけれど――」

潤が声をかけると、ギョームは一転楽しそうに交渉の顚末《てんまつ》まで話してくれた。

そうか、もうお昼だ！

それに気付くと急にお腹がすいてきた。遅めの朝食だったのに、海に入ったり泳いだりしたせいだろう。

「ジュンがビーチにいると聞いて、今日はパーゴラの下でランチを食べようと思ってね。ジュンも海水浴はひと休みして、ランチの準備をしておいで」

そんな潤の腹具合に気付いたように、ギョームが悪戯っぽく笑う。見ると、潤が荷物を置いている蔓棚の傍《そば》では料理人が忙しく動いていた。

「そうだな。潤、早く濡れたパーカーを脱いで体を拭いてこい。あと水に入ったんなら、日焼け止めもけっこう落ちてるはずだから、あとで塗り直せよ。ぼやぼやしてると、今夜は日焼けの痛みで眠れなくなるぜ」

二人に促されて、潤はパーゴラの下へと走っていった。

「すっごく美味しかったですっ。魚介料理がこんなに美味しいなんてびっくりでした！」

ギョームとロジェの買いつけのお陰もあって、別荘での初めてのランチはまさに南イタリアらしいシーフード料理の数々だった。

アンティパストと呼ばれる前菜は、殻を半分に切られたウニの身をスプーンですくって食べるという贅沢なもの。調味料など何もかけていないらしいがウニ本体の塩分だけで十分美味しくて、皿の上に山盛りになっていたウニはあっという間になくなってしまった。

一緒に、行きがけのレモン畑で手に入れた巨大レモンもシェフに頼んで料理してもらったのだが、カットしてサラダとして食べたら先ほど味見をしたときよりさらに美味しかった。これはロジェに好評で、作ってもらった分は潤と二人で奪い合うように食べ尽くしてしまう。

第一の皿と呼ばれるプリモは、チーズの詰めものが入ったもちもちパスタのトマトソース煮。第二の皿であるセコンドは、新鮮なシーフードを塩焼きにしてレモンとオリーブオイルをかけただけのシンプルな料理だが、南イタリアでは名物らしい。

最後はドルチェだが、カプリ島に伝わる伝統的なチョコレートケーキもしっかり頂いた。

さすがにすべてを食べたあとは動けないほどだ。

けど、後悔してないっ……！

　こんな美味しいランチを準備してくれたことに潤が感謝も込めて礼を口にすると、ギョームが恰幅のいい体を揺するように嬉しげに笑う。

「それはよかったよ、マリーナまで足を運んだ甲斐があった。ジュンには少し太って帰ってもらわないとね。タイセイはジュンを働かせすぎなんじゃないか？　昨年の夏よりほっそりした気がするよ。ジュンはまだ学生なんだから、もっとたくさん遊んで英気を養わないとね」

「イヴォン、何を言う。学生の本分は勉強だろう。遊ぶのは二の次だ」

　そんなギョームにロジェが目くじらを立てた。ギョームのことをイヴォンと呼ぶのは、ロジェだけの特権だ。

「おやおや、バカンスに来てまで勉強しなきゃいけないのかい？　それはジュンが可哀想だよ。せっかく一緒にバカンスを楽しむんだ。僕はロジェとジュンを連れてイタリア中を遊び回るつもりなんだけどね」

「そうやって壮大な計画を立てているギョームには何だがな。潤は今回のバカンスに、大量の勉強道具を持ち込んでるぜ。真面目な潤が、遊んでばかりいるはずがないだろ」

　泰生に暴露されて慌てる潤を、ギョームは何とも可哀想とばかりに眉をひそめて見た。

「働きすぎの日本人は有名だが、それは学生時代も変わらないみたいだねぇ」

「潤は特別なんだよ。それより、潤はロジェに勉強を教えてもらいたかったんじゃねぇの？」

泰生に促されたが、今の流れでロジェに自分の勉強に付き合ってもらいたいとお願いするのは何となく躊躇《ためら》われた。が、ロジェは潤の言葉を待ってくれている。ロジェの青灰色の瞳はいつも少しきつめで、潤は気を悪くされるのを覚悟して言うことにした。

「ロジェが暇なときでいいので、少し勉強を見てもらいたいんです。英語はもちろんフランス語や語学全体のことで、先達の話を聞きたいというか」

しかしそれに返事を返したのは、ロジェの恋人だった。

「ノン、ジュン！　ダメだよ。今でさえロジェはバカンス中に成し遂げたいこととして、別荘の図書室にある本の読破なんて言ってるんだ。これ以上、ロジェの時間は渡せないよ。本の虫になってしまうからね」

「イヴォン。君だってバカンスに仕事を持ち込んで、よく私をひとりにするじゃないか。そんなことを言う権利はないぞ」

「オウ！　仕事の電話がかかってきても別に一緒にいてもいいんだよ、僕の愛しい人――」

ロジェは苦虫を噛みつぶしたような顔で反論しているが、二人の会話を聞いていると先ほど食べたドルチェと同じくらい甘いと感じるのは潤だけだろうか。顔が熱くなる。

「わかった、君と話しているといっこうに決着がつかない。だったらこうしよう。私が読書のために割いている時間の一部を、ジュンのために使おう。イヴォン、これなら問題ないだろう？　まったく、最後にはいつも私が折れるのだから」

ため息をついたロジェに、潤は焦ってしまった。

「いえ、あのっ、そんな無理やりに時間を作っていただかなくてもいいんですっ」

「私が自分の行動を決めることは『無理やり』ではない。それに、私の唯一の教え子であるジュンの期待に応えられなくてどうする。私を先達と呼ぶのなら、後進は言うことを聞くべきだ」

「……はい。すみま……じゃなくて、ありがとうございます」

潤が礼を言うと、ロジェはよろしいとばかりに厳かに頷く。

確かに、今言っておいてよかった。この機会を逃したら、もう潤はロジェに勉強を教えてなどと言い出せなかったかもしれない。泰生には感謝だ。

そうして午後の予定や明日の計画を話し合っているうちに、だいぶお腹もこなれてきた。

「潤、日焼け止めをしっかり塗り直せ。泳ぐぜ」

泰生に誘われて、潤は喜んで頷いた。

ギョームたちはこれからマリーナへ行き、プレジャーボートに乗り込むそうだ。世界遺産であるアマルフィ海岸を海から眺めながら、船上でシエスタを楽しむらしい。それも楽しそうだと思いながら潤が準備をして戻ると、泰生は波打ち際でギョームと話し込んでいた。

「潤。鼻の頭、クリームが残ってんぞ」

振り返った泰生がおかしそうに潤の鼻先へ指を伸ばしてくる。

「あぁ、こっちにも。ちゃんときれいに塗れよ」

「鏡がなかったから。くすぐった……くくくっ。本当にまだクリームが残ってますか？」

「残ってる残ってる。すげぇベタベタ」

笑いながら顎の下を撫でられて、潤はくすぐったさに首を竦めた。そんな二人に、ギョームとロジェは『お邪魔虫は退散しよう』などと言ってプライベートマリーナへと歩いていく。

「よし、こんなもんか。んじゃ、行こうぜ」

泰生が潤の手を摑んで浅瀬へと足を進めた。透明の水を通すと、生白い自分の足がさらに白く見える気がする。少し深みへと進んでも、今は泰生がいるから安心だった。

潤の肩ぐらいの深さまで来ると、泰生は待ちきれないように水中メガネをつけて海中へと潜った。潤も遅れてその場にしゃがみ込む。

うっすらブルーに色づいた水の中でも、水中メガネ越しに泰生の顔ははっきり見えた。カプリ島の海の美しさに、泰生も感動しているようだ。太陽の光がゆらゆらと揺らぐ明るい水中で、そんな泰生の表情を気付かれないように覗き見るのも楽しかった。

「潤、もう少し沖まで行こうぜ」

「えっ……でもっ」

泰生にとっては浅瀬であるその場がだんだんもの足りなくなったようで、潤の手を引っぱってさらに沖へと進んでいく。遠浅の海といってもしばらくすると潤の足は届かなくなり、悲鳴を上げた。

「もう無理です。足が届きませんっ」

「首にでも摑まっとけ。肩に負ぶさる感じでもいいぜ。ほら、来い」

言われた通りに、泰生の肩に手を置いて勢いをつけて後ろから飛び乗った。泰生の首に手を回して背中に負ぶさる格好だが、浮力のせいか泰生もたいして重さを感じていないようだ。

そのままさらに沖へと進んでいくと、波の衝撃をもろに受けるようになった。が、それを避けるのも、今の潤たちにはゲームみたいで楽しい。

「あっ、今度は少し大きい波が来ました！　しかも、たくさん来ています」

「沖を船が通ったんだろうな。うわ、来た」

波が来るたびに泰生はジャンプしたり波に背を向けたりして、潤もそれに合わせて泰生の背中で大きく跳ねたり泰生に抱きついたりする。泰生に負ぶさる潤は負担も軽くて、ただただ波とたわむれるだけでよかった。浮力の感覚も、プールとは違ってとても面白い。

「ふふふっ、泰生、大丈夫ですか？」

「げほ……今のは失敗だった、海水を飲んだ。うぇ、塩っぺぇー」

泰生の叫びに思わず笑い声が飛び出す潤だが、ふと周囲を見回してはたと我に返る。

「海の色が青いです……え、もしかしてもう泰生も足がついてないんじゃないんですかっ⁉」

「あ？　さっきから、もうついてないぜ。だから、手を使って泳いでるだろ」

そういえば、少し前から泰生は海の水をかき分けるように両手を使っていた。潤はさーっと血の気が下りていくような気がする。

「もっ、ももも…戻りましょう！　このままアフリカまで流されてしまったらどうするんですかっ。それに、あんまり沖まで行くとサメとかウミガメとかいるかもっ」

潤の怯《おび》えに、泰生が苦笑する顔でちらりと振り返ってきた。

「ウミガメは人間に危害は加えないだろ。おまえ、相当テンパってんな？　基本的に、ビーチの沖にはそういうのを侵入させないようにって、ネットが張ってあんだ。ほら、その先にブイが浮いてる。あれがそう。だから、サメの心配もねぇよ。それにさぁ、おれを信じろって。潤ひとり背負って泳ぐぐらいどうってことないし、危ない真似もしない。まぁ、極力な。それに、目的は最初からこの先にあったんだから」

そう言うと、泰生はさらに力強く泳いでいく。

いつの間にか別荘が建つ崖近くまで来ていたようだ。

潤たちがバカンスに来ているカプリ島は石灰岩で出来ているために海水の浸食が激しい。神秘的な青い光が満ちる洞窟で有名な『青の洞窟』も波に削《けず》られて出来たものだという。ビーチを守るように湾曲したこの崖も、先端近くはかなり複雑な形になっていた。

そんな崖の先端まであと少しといった岩場に、泰生が泳ぎ着いた。

「崖沿いを歩いても距離はあるけど行けるって話だったし、潤がそんなに怖がるんなら帰りはそっちで帰るか。お、ここはもう足がつく。潤、ほら自分の足で歩けるからもう安心だろ」

泰生の声に、潤も少しホッとした。泰生の背中に親子亀よろしく負ぶさっていた潤も、促されて降りると、泰生に続いて海を上がって崖を登るように岩の上を歩いた。

「この辺りだって話だったが。あぁ、あれか。あまりにデカすぎて気付かなかった」

「何かあるんですか？」

目的があるような言い方と泰生の確かな足取りに、潤はとたんに好奇心がわいてくる。小さな潮だまりも見つけて、ちょっとしたワクワク感も生まれた。

泰生が歩く方向にあるのは巨大な一枚岩だ。

「ビーチへ降りるときに、ギョームから聞いた話があるんだ。子供の頃に見つけた秘密基地の話。多分この裏に……へぇっ」

岩と岩の間に隙間があるようで、泰生が体を横にして巨岩の向こうへと消えた。すぐに、驚嘆したような声が上がる。潤も胸を高鳴らせながら岩の隙間に身を滑り込ませた。

「わ……」

中は思った以上に広い洞窟が広がっていた。海食洞と言うのだろうか。一部頭上が開けて明るい日差しが入ってくるため、洞窟といってもそれほど暗い雰囲気はない。どころか、足下には岩の隙間から入り込む海水の満ち引きで小さなビーチが出来上がり、海面に当たった光が天井や壁に反射して美しい揺らぎを生じさせていた。海が鮮やかなエメラルドグリーンの光に満ちあふれているのも相まって、幻想的な雰囲気だ。

「きれい……です。すごい」

「ギョームがさ、子供の頃に見つけたんだと。カプリ島に来たときはいつもこっそり入り込んで遊んだらしいな。一緒にロジェがいたから言わなかったけど、きっと大人になってもその時々の恋人を連れ込んでたはずだ。これは、ギョーム好みのロマンティックさだろ」

なるほど、ギョームが秘密のビーチと言ったのも納得だ。恋人を連れ込むようなロマンティックな使われ方をしたかどうかはわからないが、確かにこれは子供なら夢中になる秘密基地だ。いや、子供ではなくともワクワクする。

ほら、ここにもひとり――。

潤は含み笑いをしながら、テニスコートを小さくしたくらいの洞窟内を歩き回っている泰生を見やった。端整なその顔は好奇心いっぱいに輝いている。波打ち際の白い砂浜に腰を下ろし、辺りを見回す潤の顔も大して変わらないことを自覚しているけれど。

「どうもさ、突き当たりの壁の下は岩がなくてぽっかり空間が空いてるみたいだな。そこから外の太陽の光が海水越しに入り込んできて、この空間の海をエメラルドグリーンに光らせているんだ。『青の洞窟』とかアマルフィの『エメラルドの洞窟』とかと同じ原理だな」

瓢簞《ひょうたん》のような形をした洞窟の膨らみの大きな方に今潤はいるが、泰生の説明によると、膨らみが小さい方に満ちる海は深さもそれなりにあるそうだ。

「深みに嵌まらないでくださいね」

思わず腰を浮かして声をかけた潤だが、そんな心配をよそに泰生は何度か海中に潜ったようで髪から水をしたたらせて戻ってきた。

「平気だって、深いって言っても二メートルくらいだ。流れもないし、泳ぐにも問題ないだろ。それにしても面白ぇ場所だな」

「本当に。最初はびっくりしました。泰生がどんどん沖へ泳いでいくから」

「潤って心配性だよなぁ」

水中メガネを砂浜に置くと、潤の隣に腰を下ろして泰生が濡れた髪をざっとかき上げる。

「自分が泳げないから心配なんです。泰生に万が一何かあっても、おれは助けることが出来ないし。それに足のつかないところだと、足の下に何がいるかわからないところも怖いです」

「んじゃ、バカンス中に泳げるように特訓だな。ここだったら日に焼ける心配もあまりないし、潤もパーカーを脱いじまえ。ここは日陰だし、濡れてるから逆に体を冷やす」

くいくいとパーカーを引っぱられて、潤も頷く。

南イタリアにあるカプリ島は南国なみに日差しが強くて強烈だが、空気が乾燥しているためか日陰にいると思いのほか涼しい。洞窟に夢中になっている間は気にもならなかったが、言われるととたんにひんやり寒くなってくるのだから不思議だ。

「何か、また海の色が変わってねぇか？」

言われてみると、海を光らせるエメラルドグリーンがさらに濃くなった気がした。太陽の角度や日差しの強さによって、海に差し込む光が微妙に変化するのだろう。

「ギョームのヤツ、こんなすげぇとこだって言わなかったんだぜ。行ってからのお楽しみだってさ。今日もし気を変えて来てなかったら、こんなビーチの存在を一生知らなかったかも知れねぇのに」

「ふふ。ぺぺギョームも、もしかしたら本当は秘密にしたかった場所なのかもしれませんね」

こんな絶景を泰生と一緒に見てるのも嬉しいかも……。

きれいだと共感し合える時間をすごせるのはすごく幸せなことだろう。

自己満足に浸って泰生の横顔を覗き見るが、タイミング悪く泰生と視線が合ってしまった。

「何だよ、そんなにやにやして」

「う……それはだって、今この時に泰生と一緒にいられて嬉しいなぁって」

潤が仕方なく白状すると、泰生は口パクだけで「バーカ」と呟く。どこか照れたような優しい目をした泰生が顔を近付けてきて、潤は誘われるように瞼を閉じてしまう。

「ふ……」

唇に触れた泰生の熱は、いつもよりひんやりしていた。泳いだせいで、泰生も少し体が冷えているのかもしれない。けれど、二度三度と口付けを交わしているうちに、唇の温度などわからなくなってしまった。

キスをしながら耳に聞こえる波の音も心地がいい。

「ん、んぅ」

深いキスとなり舌を触れ合わせたのは、同時だった。ゆっくり舌を絡めたり互いを擦《こす》り合ったり、キスに夢中になっていくうちに潤は砂浜に押し倒されていた。それでもキスはやまない。

キスをしながら濡れた髪の毛をかき上げられると、背骨の下辺りにチリリと電気が走った。

「……ん、何かキスが塩っぱい」

ようやくキスをやめた泰生だが、遊ぶように鼻先を触れ合わせながら苦笑している。すっかり息が上がってしまった潤は、とろりと泰生を見上げた。

「おれも、何度か海水を飲んだから……」

「なら、今の潤はさっきランチで食ったウニみたいに、いい感じに塩味がついて美味いかもな」

もう一度味見させろと泰生が顔を落としてくる。

唇を触れ合わせて、唇でつままれて柔らかく吸われた。唇を離しては、またキスをして甘く吸ってくる。唇を触れ合わせたまま優しく擦られると、潤の体はじんわりと熱を持つ。

「んっ――…」

優しいキスに焦《じ》れったくなったのは潤の方だ。

軽く口付けてまた離れていく泰生の唇を追いかけるように潤が顎を上げると、泰生が笑うような声をもらして深くキスをしてくれた。

開けた唇の隙間から忍んできた熱い舌は、潤の歯列を探ってくすぐってくる。ぬるりと舌を触れ合わせていたのはほんの数秒。すぐに獣のように絡みついてきた。絡ませたまま引っぱられると喉の奥が甘く疼く。ぬるぬると舌を絡ませ合うと痺れが背筋を下ってきた。

「んんっ、ふ――…っぁ」

セクシャルすぎるキスのせいで、背骨の下で渦を巻くような電流がさらに強くなった感じがする。甘いような焦れたような感覚は、潤を落ち着かなくした。

「待って……待っ……っん」

だから泰生の顎に指を添えてキスを止めるけれど、泰生はそんな潤が不満とばかりに強行して唇に嚙みついてくる。がぶがぶと甘嚙みする泰生に、潤はたまらず腰が引ける。じんわりと股間の熱がもたげている感じがして、潤は少し強い力で泰生の胸を押した。

「何だよ」

泰生がようやくキスをやめてくれた。が、その目は不満たらたらだ。

「だって、外でこれ以上のことはちょっと……」

「何のためのシークレットビーチだよ。キスしたりそれ以上のことをするためだろ？」

「えぇ～!?」

驚く潤に、泰生は人が悪そうな笑みを浮かべる。そして触れたのは潤の足の間。水着の上から、わずかに膨らんだ股間を指先で辿る。

「っひ……ぁ、泰生っ」

「潤もう感じてるじゃねぇか。ちょうどいい、脱いじまえよ」

「ちょっ……嫌ですっ、外でこんなっ……っわぁ」

泰生は強引に潤の水着をはぎ取ってしまった。そのまま、潤の手の届かない場所へと放り投げる。遠くで砂にまみれてしまった水着を、潤は諦め悪く眺めずにはいられない。

「往生際が悪ぃ。世界にはヌーディストビーチなんてのもあるんだぜ？　こんなんじゃ、潤は一生行けないな」

「行きません！」

膝を立て、股間をさりげなく腕で隠した潤は思わず泰生に噛みつく。

「まぁ、おれも行かせないけど。だからさ、ここをおれたちのヌーディストビーチにしようぜって言ってんの。別におれは別荘の下のビーチを真っ裸で泳いでも何の抵抗もねぇが、恥ずかしがり屋の潤はそんなの出来ないだろ？　でも、ここだったらおれしか見てねぇ」

唆《そそのか》すように泰生が顔を寄せてきた。

すぐ間近で魅惑的な光を宿す黒々とした瞳に潤はすっかり魅了される。

「それでさ——裸で、海の中でキスしようぜ」

低い声で囁《ささや》かれて、潤はとうとう頷いてしまった。そんな潤に泰生は唇を歪めるように引き上げると、自らも水着を脱いで、きれいな筋肉の乗った裸を日のもとにさらした。

「ほら、行くぞ」

強引に手首を掴まれると、そのまま引っぱって行かれる。潤が躊躇う暇も与えなかった。裸のまま海の中へ入っていくのはずいぶん頼りないような感覚がする。海の透明度が高いせいで、体が丸見えなのも恥ずかしい。

「おまえって、海の中で目を開けられるか？　最初はちょっと目が痛いかもな」

胸の下辺りの浅瀬まで歩くと、泰生が振り返ってくる。少しだけ開いた天井からちょうど日の光が差し込んでくる場所だった。ここだけ、キラキラと水中まで光が届いている。

「でも、目ぇ開けないとキス出来ないからな。ちゃんと開けてろよ？」

「う。努力します」

「そんな悲愴なツラすんなよ。まずは練習だな。一、二、三のタイミングで潜るからな」

泰生のカウントに合わせて、潤はその場に沈んでみた。目を開けると確かに海水がしみた。それでも少し我慢すると周りが見えるくらいには大丈夫になる。気が付くと、すぐ近くで泰生が笑って潤を見ていた。

そうだった！　キスをするんだ。

何のために水の中に潜ったのか。目的を思い出した潤だが、悲しいかな息が続かない。慌てて立ち上がって空気を求めた。

「目を開けられたな。もう大丈夫だろ。次は絶対キスな？」

まるで少年のように泰生が強く念を押してくる。泰生にかかると、海の中のキスもゲームかスポーツになるのか。潤はおかしいような愛おしいような気持ちで頷いた。

泰生のカウントで再び海に潜る。今度はスムーズに目を開けられて、見ると泰生も既にスタンバイ済み。手首を取られて引っぱられ、潤は海の底に膝をつく感じで泰生へと近付いた。

透き通った海の中で、泰生の端整な顔はどこか神秘的に見えた。海の中でも苦しげな様子を見せずに泰然としているためか、それとも少し長めの黒髪が海を漂うように四方八方へとうねっているせいだろうか。

ギリシャ神話で海の神であるポセイドンはひげを生やした年齢の高い男性のイメージが強いけれど、若い頃はこんな風にかっこよかったんじゃないかな……。

潤はうっとり見とれながら泰生の顎に指を沿わせると、そっと唇に触れる。

「……ん」

息を止めたままキスするのはちょっと難しかった。それでも何度かやり直すうちに、海の中でもキスが出来るようになる。浮力が働くせいで少し動きにくいし深いキスも出来なかったけれど、キラキラと輝く海の中で泰生と交わす魚のようなキスに、潤はどんどん夢中になった。

泰生と抱き合ったまま沈んでキスをすると、少し動いても平気なことに気付く。海の底に押し倒されてしたキスは、泰生の背後に光の渦が見えてロマンティックでうっとりした。

唇をくっつけ合って、軽く吸って擦って離す。出した舌を触れ合わせることも楽しい。

「ん……ぅんっ」

それでも、いつしか深いキスが出来ないことに焦れたらしい泰生がキスをしたまま潤を抱えて立ち上がった。裸で抱き合ったまま、呼吸が出来るようになると待ってましたとばかりに泰生は潤の口の中へ舌を差し入れてきた。何度も潜ったせいですっかり息が上がっていた潤は少し苦しかったけれど、深いキスを待ち焦がれていたのは自分も一緒だ。

泰生の背中へ手を回すと、熱い舌は潤のそれに絡みついてきた。

「っふ……んーんっ」

裸で抱き合っているせいで、潤がキスで気持ちよくなっていることは泰生にバレバレだ。だからか、キスをしたまま泰生の手が潤の体を滑り降りてきて、すっかり熱を持ってしまっている屹立《きつりつ》にそっと触れた。手の中で遊ぶように握り込んでゆっくり擦り始める。

「うんっ、ん、あぁぁっ」

ストレートな快感に潤はたまらずキスを振り解《ほど》いてしまった。空気を求めて口を開けると、そのタイミングで欲望を強く握られて高い悲鳴が上がる。洞窟に響き渡るような淫靡《いんび》な声に潤は首を竦めるが、泰生は興《きょう》が乗ったように肩先に噛みついてきた。

「あうっ」

歯形がついた痕を舐め、濡れた肌を吸ってくる。ちりっと痛みを感じるほど吸われると、膝から力が抜けそうになった。

「なぁ、潤。おれのも触れよ」

そんな潤に泰生が囁く。

鼓膜を妖《あや》しく震わせる声に潤は喉を鳴らし、ぎくしゃくと腕を動かした。泰生の背中から引き締まった腰の横を滑らせて、股間へと下ろす。ゆるく反応していた欲望を手に取ると、わずかに泰生が体を動かした。

「一緒な？」

「ん……」

目をキラキラと輝かせた悪戯っぽい表情に見とれて潤は恥ずかしげに頷く。しかし泰生の屹立を握った手を潤が動かすことはとても難しいことに気付いた。

「ぅん……ぁ、あ、あっ」

泰生の手に握られている自らの熱を擦られると、襲ってくる快感に動けなくなってしまうのだ。敏感な先端を指で弄《いじ》られて、潤は泰生の胸に頬を押しつけて甘く悶《もだ》えるしか出来なくなった。途中で我に返って泰生の屹立を何度か擦り上げるけれど、その手もすぐに止まってしまう。

快感に弱いせいもあるが、泰生の方が圧倒的にテクニックが上なのだから仕方ないだろう。

「こーら、潤。自分ばっか気持ちよくなんなよ」

「だっ……、んゃあっ……無…理っ」

「ったく、仕方ねぇな。移動するか」

ため息をつくと、泰生は潤を引っぱって砂浜へと歩き始めた。しかし海が浅くなると浮力がなくなるために体が重くなって、波打ち際の手前で泰生と縺《もつ》れるように転んでしまった。体いっぱいの快感のせいで動きが悪くなっていたということもあるだろう。

「っ……大丈夫か？」

「すみません、何か足が絡まってしまって」

ちょうど膝くらいの浅瀬で二人座り込んだ格好を見て、泰生はニンマリ笑う。

「いや、ちょうどいい。ほら、潤来い」

あぐらを組む感じに座り直した泰生の上へと引っぱり上げられた。二人の熱がちょうど触れ合うように調整すると、泰生が互いの欲望を一緒に握り込む。

「よしよしいい感じ。んで、このまま――」

「んあぅ」

中途半端にストップしていた快感がまた一気に押し寄せてきた。

反射的に反らした喉に吸いつかれて、潤は思わず背中をくねらせる。そのままクチュクチュと音を立てて喉元を舐め嬲《なぶ》りながら、泰生は大きな手を動かし始めた。

「あっ……ん、んっ」

泰生の首に手を回して、襲ってきた官能をこらえる。

敏感になっている欲望に温度と硬さと大きさの違う熱塊が擦れる感じはたまらない疼きをもたらした。泰生の手で直截に擦られるのだから、快感は圧倒的だ。

泰生の指が先端を掠めると潤は体を震わせて、息まで戦慄《わなな》かせ、背中をしならせた。

「……っは、おまえは相変わらず早ぇな」

泰生が笑ったのは擦る泰生の手がぬめったせいだろう。海の中だったが、それが潤のこぼし始めた雫だと気付いたようだ。

潤は顔が熱くなったが、一度追いかけ始めた快感を振り解くことは出来なかった。

「泰っ…せ、んーん、ゃ、やぅっ」

耳を塞ぎたくなるような嬌声が洞窟いっぱいに広がっていくが、泰生はその声にこそ煽《あお》られるようだ。両手を使って二本の熱を泰生はデタラメに揉み込んでいく。

泰生は息を荒げるだけなのに、潤の腿《もも》は小さな痙攣《けいれん》を繰り返して腰は勝手に揺れ始めた。足の奥がじんと痺れるせいで、背中をきつく捩《よじ》らせてしまう。浅瀬で抱き合って座っているせいか、波の満ち引きで体がゆらゆらと揺れ動かされるのも潤の快感を変に煽っているようだ。

「ぁ、も…もうっ……いっちゃ……ぅ」

「もうちょっと待てよ。一緒にいきたいだろ」

「でも……ぁ、嫌っ、ゃあ…だっ」

潤の泣き言を聞いて、泰生のピッチはクライマックスのものへと移行した。きつすぎる手淫をどうやって我慢すればいいのか、潤にはわからなかった。

泣き出す潤の首筋に泰生が噛みついてくる。その痛みにさえ潤は腰を震わせた。

「待たせたな。ほら、いけ」

「っ、ぅん――――っ…」

ひときわ大きな波に体が揺さぶられた瞬間、潤は泰生の首に縋りついて絶頂を迎える。泰生がいったのは、小さなうめき声とわずかにこわばった背中でわかった。


去年のバカンスはフランスのパリで、泰生の仕事半分勉強半分といった滞在だった。

しかし本来バカンスというものは、思いっきり遊んで英気を養ったり何もしないのんびりとした時間を楽しんだりすることのようだ。今年ギョームやロジェに実地で教えてもらい、潤は生まれて初めてといっていいくらい毎日のんびりとすごしていた。

しかし、そうやってのんびりしたら反動で猛烈に勉強をしたくなってしまうのが潤なのかもしれない。海で泳いだりカプリ島を散策したりイタリア本島へ渡って観光したりと遊んだあと、

泰生が仕事で別荘を離れると、潤はいそいそと勉強道具を取り出していた。

ギョームの別荘には見事な蔵書が揃った図書室もあり、勉強出来る環境はばっちり整っている。その図書室で、自身の勉強と並行して潤はロジェからも勉強を教わっていた。

「――ふむ、そろそろ休憩の時間だな。気分転換に、今日はテラスへ移動しよう」

別荘でロジェやギョームたちと交わす会話はすべてフランス語だった。昨年まではつたなかった潤のフランス語は、一年間みっちり勉強を頑張ったお陰か日常会話程度は問題ない。それでも、勉強すればするほど新しい難題を見つけてしまうのも語学の不思議である。

そうしてロジェにフランス語を習うのはもちろんだが、実は潤がロジェと話をする機会が欲しかったのは相談したいことがあったせいだ。

「ロジェは、どうして今の仕事――翻訳をしようと思ったんですか？　最初から、翻訳家を目指していらっしゃったんですか？」

青い海が一望出来るテラスでエスプレッソを楽しみながら、潤は話を切り出した。

「ふむ。その話を聞きたいかね。そうだな、実を言うと私は最初は翻訳を仕事にするつもりなどなかった。小さい頃、私がなりたかった職業は学者だったからな」

ロジェの答えは意外だったが、彼のアカデミックな雰囲気を思うと大いに納得もする。

「私の祖父が大学の教授だったんだ。そんな祖父に私は強い憧れを抱いていた」

一瞬目を丸くした潤にわずかに表情を緩めたロジェは、思い出すように宙を見た。

「あれが幾つの頃かは忘れたがとにかく小さい時分、私には祖父の部屋に入り込んだ記憶があるのだ。あの部屋のことは鮮明に覚えている。美しい夏の午後のことだ。黄金色に染まった部屋にキラキラと埃が舞うのも、子供の目には魔法のように見えたな。たくさんの蔵書に囲まれて立派な机に座る祖父の背中が、とてもかっこいいと思えた。彼のようになりたいと、自分も学者になればいつかあの祖父のような部屋を持つことが出来ると私は夢見たのだ」

ロジェの話を聞いていると、その光景が目に浮かぶようだ。

もしかしたらロジェの原風景なのかもしれない。

「フランスへ来た当初も、その夢はまだ諦めていなかった。だがパリでイヴォンに出会ったことで、フランス語を勉強する目的が、イヴォンともっと話がしたいというものに変わってしまった。その分上達の速度は上がったがな」

苦笑するロジェは、しかしすぐに表情を厳しくする。

「そうして将来のことを考える前に、私はあの事故に遭ってしまった」

難しい顔でロジェが話すのは、今も杖をついて歩かなければいけないほどの重傷を負った過去の大事故のことだ。恋人同士だったギョームと環境や性格の違いから小さな諍《いさか》いを繰り返していたとき、そこに割り込んできた第三者の女性によってロジェは陥れられた。それが決定打となり、ギョームと仲違《なかたが》いをして飛び出した先でロジェはアクシデントに巻き込まれた——乗っていたバスにアームを延ばしたクレーン車が倒れるという大事故だ。負傷したロジェは数日間意識が戻らず、何ヶ月もベッドから出られなかったと聞いたことがある。

「だが、皮肉にもその事故がまた私に新たな生き方を与えてくれたのだから、人生というのは不思議なものだな。何ヶ月も入院するうちに、私は病院内で通訳とも翻訳ともつかぬ役割を果たすことになったのだから」

聞くと、入院生活を送るうちに同じ病棟の患者の通訳や翻訳代筆の手伝いをするようになったのだという。ロジェが入院した病院はあまり裕福ではない人間たちが通うところだったらしく、移民や識字率の低い患者たちの間でずいぶん重宝がられたようだ。

退院後はその経験を買われて、雑誌で翻訳の仕事をするようになったらしい。

「すごいな……これまでロジェが頑張ってフランス語を勉強されていたから、見込まれた仕事だったんですね。そうして今のロジェがあるんだ。すごい、尊敬します！」

潤はちょっとした偶然から若い頃のロジェがフランス語でつけた日記を読んだことがある。間違いには丁寧な赤字が入れられていたし意識的に多くの単語を使って表現豊かな日記に仕上げている様子だったことを思い出し、日記ひとつにも努力を惜しまないロジェが語学習得を目指すにあたって怠慢になるはずがなく、そんな友人だからこそ翻訳という仕事を手にすることができたのだと潤は心から尊敬してやまなかった。

　しかも日記をつけ始めた頃のロジェのフランス語は潤とそれほど大差なかったようなのに、たった数ヶ月で通訳や翻訳代筆が出来るほど上達したのだ。愛するギョームと会話を交わしたいと願ったロジェの情の深さも感慨深かった。

「それほど大げさに言うほどのものかね」

　潤の反応に、ロジェはしかめっ面でニヒルに言う。口もへの字に曲がっていたが、落ち着きなくメガネのテンプルに触れるロジェの様子に、照れているのではないかと潤は察した。だからホッとして言葉を続ける。

「はい。おれはすごいなと心から思います。これから同じくフランス語を習得しようとするおれにとって、今のロジェは目標です」

「君と話をしていると、自分がとんでもなく偉くなった気がするな。だが面白い。君がそうして私を学問の師と崇《あが》めるということは、言うなれば君の存在を持ってして私は学者になるということだな。ふむ、この歳になって夢が叶ったということか」

　ロジェは苦笑するように唇を緩めた。潤もロジェの理屈めいたフランス語を頭の中で懸命に訳したあと、ようやく意味がわかって顔を明るくする。

「実は一年前にロジェを初めて見たとき、うちの大学の教授陣に雰囲気が似てるなって思ったんです。ロジェにフランス語を習うようになって、その思いはもっと強くなりました」

「君は嬉しがらせるのが上手い」

とうとうロジェが声を上げて笑い出した。

嬉しがらせる?

潤は何がロジェを笑顔にさせたのかはわからなかったが、そうして笑ってくれるのは潤の方も嬉しかった。にこにこと顔がほころんでしまう。

「それで、実はロジェに聞いていただきたいことがあったんです。ご相談というか」

ロジェが笑いを収めたところで、潤はとうとう本題を切り出す。

「ふむ、私に相談か。何かね」

「これから先、泰生の演出の仕事をサポートするために、おれは通訳の役割を担いたいと思っているんです。といっても泰生は既に六カ国語を話せるので、おれはそれ以上の言語を習得するつもりなんですが……」

潤は半月ほど前に決意した思いをロジェに話して聞かせた。夏休みに泰生の演出の仕事に関わったとき、外国人の言葉がわからなくてストレスを感じたこと。そしてそれゆえに、通訳として泰生をサポートしていきたい、これこそ自分がやるべき分野だと強く思ったことを。

それまで、演出というクリエイティブな仕事の手助けが自分には出来ないもどかしさや、他の有能なスタッフたちに引け目を感じて苦しんでいた潤だから、言語という自分の得意分野で泰生を助けられるかもしれないという思いつきは、天啓だと思えたほどだ。

そうして今はやみくもに新しい言葉に手を出しているが、実際に翻訳家として活動しているロジェに言語を扱うことに関して訊ねてみたかった。何かアドバイスがもらえれば、とも。

潤の話を適宜な相づちを打ちながら聞いていたロジェは、最後に何度も頷きを繰り返す。

「君の決意がしっかりしているのは伝わってきた。だから、私も本気で話そう」

そう前置きして、ロジェは潤を真正面から見つめる。ロジェの青灰色の瞳は、南イタリアの明るい空の下でも少しひんやりしているように見えた。

「君は頭がよくて耳もいいから、それほど苦労せずに幾つもの言語を習得出来るだろう。しかし言葉を流暢《りゅうちょう》に話せるようになったからといって、通訳が出来るとは決して思わないことだ」

「えっ」

驚いて声を上げる潤に、ロジェは厳しい表情を緩めない。

「通訳というものは、相手の言葉を正確に伝えることだ。では、普段ジュンは英語やフランス語を聞いて、どのように意味を理解しているかね？　長いセンテンスの中、全体を捉えて大まかに意味がわかるなんてことも多いはずだ。日常生活ではそれで構わない。が、通訳となると、言っていることが何となくわかったではダメなのだ。通訳者とは、相手が言った言葉の一語一句を間違いなく訳すことが大前提で、要約して大意を伝えるなんてことは決して許されない」

潤は唇を噛みしめた。

まさにロジェの言う通りだったからだ。外国語で難しい内容を話されたとき、アバウトに何と言っているのかはわかっても、それを正確に訳せと言われたら出来るとは言えない気がした。

考え込む潤に、ロジェはさらに言葉を継ぐ。

「まぁ、そうは言ったが、今活躍している通訳者も一語一句すべてを訳しているかというと実はそんなことはない。それでも彼らがプロとして成り立っているのは、発言者の意を正確にくみ取ってそれを余すことなく伝える技術があるからだ。その技術を身につけるために、彼らは日々とてつもない努力を積み重ねている。君は、その苦労とも言うべき努力を全うする覚悟はあるかね？」

ロジェに問われて、潤は思わず口ごもった。出来ると断言したかった。けれど、ロジェに突きつけられた言葉が重くて厳しすぎて、即答出来なかったのだ。

通訳なんて、もっと簡単だと思っていた。

語学が得意で、翻訳の真似事だってやったことがあるし、誰かの言葉を日本語に訳すくらいだったら自分にでも出来ると考えていた。けれどロジェは先輩として、通訳という仕事は潤が考えていた以上に大変なものであることを突きつけてくる。

だからこそ潤は簡単には頷けなかった。

「――ふむ。しゃべりすぎて少し喉が渇いたな。コーヒーのお代わりをもらおうか」

俯いてしまった潤に、ロジェは雰囲気を変えるように使用人に声をかける。すぐに動いた使用人がしばらくして持ってきてくれたコーヒーはガラスの器に入っていた。

下から濃いチョコレート色、コーヒー色、ミルク色、そして一番上にフワフワの白い泡というように四層になっている見た目も贅沢なドリンクだ。

「これは何ですか？」

「北イタリアでよく飲まれているマロッキーノだ。エスプレッソコーヒーにチョコレート、それから泡立てたミルクと生クリームが入っている。まぁ、デザートドリンクだな。飲みなさい」

促されて、軽くスプーンで混ぜたあとに口をつける。

「っん、美味しいです。甘くて、何だかホッとします」

唇についてしまったミルクの泡を恥ずかしげに舐めながら、潤は息をついた。がちがちにこわばっていた心が少しだけ緩んだ気がする。それを見届けて、ロジェもカップに口をつけた。

「甘い。だが、たまに飲みたくなる味なのだ。君も、バールにあったら頼んでみるといい」

ロジェの言葉に、潤は微笑んで頷く。

「――さっきは少し厳しく言いすぎたかもしれない」

しばし甘いデザートコーヒーを楽しんでいると、ロジェがおもむろに話し出した。苦いような口ぶりに、潤は慌てて頭を振る。

「いいえ、そんなことはないです。おれが簡単に考えすぎていたんです。ロジェは、ご自分が昔通訳をされたことがあるから、あえて厳しいことをおっしゃってくださるんですよね？」

「そうだ。いや、昔の自分は通訳まがいといった方がいいだろう。今振り返ってみると、とても通訳と呼べるような仕事ぶりではなかった。両者の言いたいことを上手く伝えられずに警察沙汰になったこともあるし、訳を間違ったせいで怒鳴られたこともある。だが通訳をしたあと、ありがとうと言われたときはやはり嬉しかったな。私にもまだ役割があるのだと思った。まぁ、最終的には翻訳の方に私は進んだのだが」

ゆっくりと話すロジェに、潤は口元が緩んだ。

ロジェは心配してくれたのだろう。安易な気持ちで通訳をやりたいなんて思った潤に、友人ゆえに意見してくれたのだ。簡単に通訳など出来ない。大変な努力が必要なのだ、と。

ロジェの気持ちが嬉しいと思った。挫けそうになった潤を心配して、とっておきのデザートドリンクで心を解してくれたロジェの優しさも潤の気持ちを強くする。

じっとこちらを見つめるロジェに、潤は笑みが浮かんだ。

「ロジェ。おれの甘さを叱っていただいて、ありがとうございます。ロジェの話を聞いて、大変な努力が必要だと知った上で、それでもおれは通訳をやりたいと思いました」

潤の笑顔を見て、ロジェが少し眩しそうに目を細める。

「そうか。うむ。ジュンならそう言うと思った」

そうして、何度も何度も頷いていた。

「あの、ロジェ。その上で聞きたいんですが、通訳をするためにおれがしなければいけない努力とは、具体的にどんなことか教えていただけますか？」

「まずは、母国語をもっと磨きなさい。ジュンだと日本語だな。これは翻訳にも言えることだが、例えば私がフランス語を英語に訳すとき、自分の中にある英語しか使うことが出来ない。だから、自分がそれまで培ってきた言葉やことわざなどの語彙《ごい》の豊富さが重要なのはもちろん、その時の相手に一番伝わりやすい表現や言い回しなども考えなければならないのだ。昔、入院していた私が病院で通訳まがいのことをしていたとき、フランス語はもとより母国語の英語がまだまだ未熟だと痛感したことがある」

「イギリスで生まれ育ったロジェなのに、英語が未熟ですか？」

不思議に思って首を傾げる。と、ロジェはゆっくり頷いた。

「その当時、訳する内容はさまざまだった。医師が説明する医療内容や手術の同意書の説明、時にプライベートで――プロポーズの一部始終を通訳したこともある。そんな中で、フランス語で書かれた医療関係の高度な文章を、学校に通ったこともない相手に英訳して説明するため、言葉を易しく言い換える必要があった。が、ふさわしい語彙が自分の中に見つからないのだ。近似値の言葉を探し出せずに大変苦労した。それまで自分が使っていた英語がどれだけ偏っていたのかよくわかったのだ」

ロジェの例え話はわかりやすかった。

日本語だと、言葉の言い換えや言い回しも多いからもっと複雑かもしれない。

「もちろん、外国語の語彙を増やすことは最重要課題だ。知らない単語は訳せないからな。業界特有の言葉も多いぞ。ジュンはタイセイの仕事をアシストするということなら、おのずと接する言葉もクリエイティブな方面が多くなるだろう。言語というのは流動的で、その時代によって意味や扱いが変わってくることが多いが、特にファッション業界では言わば流行を作る場であるせいか、新しい単語が次々と生まれてくるため混乱も生じやすい。あと——これが一番大変なのだが——クリエイティブな業界は文化人やまたそれを気取る人間が多くて、発言にも知的な言葉を引用しがちだ。例えば時事問題、他にも歴史談話や名著、音楽や映画などとにかく多岐に渡る。時に古典文学の一節を取り上げたりもするだろう。通訳とは、それを瞬時にどこからの引用かを理解して、説明を加えながら訳さなければならないのだ」

潤は、ロジェの話を聞きながらゴクリと喉を鳴らす。

確かに、ファッションショーのテーマとして戯曲のタイトルを取り上げたり過去の有名人へのオマージュなどと称したりするものがある。現に、今年の『ドゥグレ』の秋冬コレクションのテーマは『オフィーリアへの回帰』だった。

ということは、当然そういう知識を幅広く蓄えておかないといけないわけで、しかも潤は複数の言語を習得するつもりだから各国それぞれの知識を身につけて教養を積まないとならない。

途方もない勉強量になりそうで、頭がくらくらした。

もしかして、ロジェが図書室の蔵書を貪るように読んでいるのは、そういう面もあるのだろうか。通訳と翻訳の違いはあれど、教養を深める必要があることに変わりはないはずだ。

「明日から、おれも図書室の本を読みます」

「ジュン。今から飛び込もうとする崖の下でも覗き込んだみたいな顔をしているぞ」

ロジェの声は、同情しているようにも苦笑しているようにも聞こえる。

「そうだな、通訳の技術は学校などで専門的に習った方がいいだろう。だがそれと同時進行で、幅広い知識を身につけて教養を積みなさい。バカンスの間、私も協力しよう。精進しなさい」

「ありがとうございます。お願いします！」

思わず縋りつくような声になったらしい。ロジェがたまらず笑い声を上げた。

けれど考えようによっては、教養を深めることは泰生の仕事をアシストする上でも大いに役に立つ気がする。自分に足りないのは確かに知識面。クリエイティブな方面の見聞の狭さには前々から自身も思い悩んでいた。どうしたらそちら方面の基礎知識や感覚を身につけられるのか手段さえわからなかったが、ロジェのアドバイスは思わぬ助けになるかもしれない。

そう考えると、気持ちが奮い起こされる気がした。

やることは膨大だが、幸いなことに潤は大学生だ。勉強することは学生の本分だし、わからないことがあったら大学の先生に相談することだって出来る。バカンスの間はロジェも協力すると言ってくれているし、何だか無理なことではない気がしてきた。

「まずは、そうだな……フランス語だったらこの辺りの古典文学は読んでおいた方がいい。フランスの美術史なんてものを間に挟むと知識が深くなるし気分転換としても悪くない」

図書室に戻り、ロジェは数冊のフランス語の本を抜き出して潤の前に置く。本の分厚さにゴクリと息を飲んだが、潤は背筋を伸ばすとフランス語の辞書を引き寄せた。

最初に――ギョームからこれ以上ロジェの時間を奪わないでくれとお願いをされたけれど、ロジェに勉強を教えてもらう時間は思いのほか多いことがわかった。というのも世間一般にはバカンスは八月で終わることが多く、暦が九月に入るとたんに泰生やギョームに仕事が入ってきたのだ。二人とも出来るだけ断っているみたいだが、中には断りきれない仕事も出てくる。世界のトップモデルであり演出家としても活躍している泰生は言わずもがな。業界でも有数のハイブランド『ドゥグレ』のＣＥＯであるギョームも何かと忙しいようだ。

泰生はもう三日も別荘を留守にしており、さらにあと四日は帰ってこない。ギョームは今のところ電話で事が済んでいるが、それゆえに時に半日近くも書斎にこもることがあり、その間潤とロジェは図書室で各々勉強したり別荘の庭を散策したりして楽しんでいた。

ある意味、一番バカンスを満喫しているのは潤たちかもしれない。

「ペペギョームと一緒に選ばなくてよかったんですか？」

日が傾き始めた頃、潤はロジェに買いものがてらの散歩に誘われた。

カプリ島の中心部には、リゾート客向けの高級ショップが並んでいる。『ドゥグレ』などの華やかなブランドショップはもちろんだが、潤が気になるのはここでしか買えない土産品の店だ。島の名物であるレモンを使った菓子やリキュール、高級なラッキーチャームでセレブ層に人気のジュエリーショップや上質な麻のストールなどを取りそろえたセレクトショップなどなど。

「カプリ島を訪れた記念の品を、自分で買いたかったのだ」

ロジェはそんな街の一角で、地元の画家が描いたという小さなカプリ島の風景画を購入した。

何度かショップを訪れて購入を迷っていたらしい。ギョームと一緒だとすぐにプレゼントされるため、こうして別荘を抜け出す機会を待っていたという。

日常会話程度は困らないというイタリア語を駆使して購入した風景画を見下ろすロジェの少し照れた眼差しが、潤の目には何だかとても可愛く見えた。思わず潤も、何か買いたいとショップを見回したくらいだ。

「すみません、ロジェ。おれもちょっと別の店に寄りたいので、待ってもらってていいですか」

自分のものではないが、姉の玲香《れいか》への土産品を買っておきたいと、ロジェと近くの展望台で待ち合わせることにして、目をつけていた香水ショップに入る。もとは修道院の僧たちが香水を作っていたという謂《いわ》れのあるショップは昼間は女性観光客が多くて、潤ひとりではとても入りづらかったのだ。

「Buon giorno!」

夕方になって人気《ひとけ》も少なくなったショップに挨拶をしながら入ると、女性店員が笑顔で出迎えてくれた。姉への土産品を探している旨を伝えると、ルームフレグランスを薦めてくれる。カプリ島の名物であるレモンの香りだ。

香りは好みがあるからと心配していたが、ルームフレグランスだったら使いやすいはずだとアドバイスを受けて購入を決める。いいものが見つかったと潤はほくほくして店を後にした。

展望台は、店からすぐだ。

のんびり歩いていると、石畳の横道から話し声が聞こえてふと顔を上げる。その声がロジェのもののように聞こえたからだ。何か揉めているような雰囲気に、潤はつい足が向く。

何かトラブルに巻き込まれたんだろうか。

ひ弱な自分が助けになるとは思えないし、ロジェは杖をついてゆっくりしか歩けないために逃げるのも不利だ。潤がひとりで向かうより、駐車スペースで待ってもらっている別荘の運転手を呼んできた方がいいかと一瞬考えた。

携帯電話を握りしめて、潤は石畳をそっと歩いていく。

「だいたい、きさまのせいで私たちが迷惑を被《こうむ》っているんだぞ。この時期のカプリ島の別荘はいつも私たちが使うのが通例なのに、今年はきさまのせいで惨めなホテル住まいだ。ギョームにも困ったものだ、あの歳になってこんな恥知らずな愛人を作るなど」

ロジェと話しているのは、立派な口ひげを生やした五十代くらいの男だった。しかし話しているのは、耳を塞ぎたくなるようなフランス語だ。男の背後には、物騒な雰囲気を醸すボディガードらしい黒スーツの男たちが数人待機していた。

「それで、きさまは一体いつになったらギョームと別れるんだ？　以前に警告をしてから二ヶ月だ。バカンスに入る前に賢い選択をしてくれるかと思ったが、とんだ強欲だったようだな」

「なるほど。エージェントから翻訳の仕事を一部取り上げられたが、やはりあんたの仕業だったか。セバスティアン・ド・シャリエ」

相対しているロジェも非常に険しい表情をしている。どうやら男はギョームの親戚か何かでロジェとも顔見知りらしいが、険呑な雰囲気に潤は少し離れた場所で足を止めてしまった。

ロジェも決して負けてはいなかったが、ひげ面の男――セバスティアンは悪質だった。

「ふん、身の程をわきまえるんだな。『ドゥグレ』がスポンサーとなっている雑誌にきさまのような人間は一切関わらせんぞ。他の仕事にしても、きさまがいつまでもギョームの周りをウロウロするつもりなら、考えるつもりでいる」

「するなら勝手にするがいい。そうなったら、また別の仕事を見つけるまでだ」

「そんな態度でいいのか？　新しい仕事を見つける前に、仕事が出来ない体になるかもしれんぞ。私はそんなに甘くないのだからな。今だって、事故が絶えないのではないかね？」

「……駅の階段で後ろから押されたのは気のせいではなかったのか。まさか、あのバイク事故も故意だというのか？」

セバスティアンとロジェの会話を聞いて、潤は顔から血の気が引いた気がした。

これまで、ロジェはそんな危ない目に遭っていたのか？

セバスティアンは、しかし狡猾《こうかつ》そうな顔で「さぁな」とロジェの問いをはぐらかす。

「だが、きさまがいつまでも聞き分けが悪いのであれば、こちらも悠長にはしていられんぞ。だいたい男同士で結婚など、ギョームもどうかしてしまったに違いない。そんな耳が汚れるようなことを聞かされた身にもなれというものだ。あの瞬間、私は寒気がしたぞ。そもそも、ギョームにはふさわしい女性がもういるというのに。美しくて妖艶で、しかも愛らしい。ヴァレリーこそシャリエ家にふさわしいのだ。なのにきさまが、ギョームを惑わせた！」

「なっ、ヴァレリーだと!?」

「ふん、きさまも知っているようだな。ギョームの元妻で今なお美しいヴァレリーは、一途にギョームを思い続けている。あんなすばらしいヴァレリーと離婚したのは、ギョームにとって最大の失態だな。まぁ、二人とも若かったから何か行き違いが生じたのだろうが」

セバスティアンの言葉で、潤はヴァレリーという女性に見当がつく。ギョームが以前一度だけ結婚したという女性だ。ロジェを陥れて、ギョームとの仲を引き裂いた張本人である。

どうしてそんな女性を、今さらギョームの結婚相手に挙げるのか。

「まぁ、いい。とにかくギョームとはさっさと別れろ。ギョームが結婚する気になったというのなら、その相手は私が用意する。決してきさまではない。命があるうちに、賢い選択をするんだな。今度はケガ程度では済まさんぞ」

捨て台詞のように言って、セバスティアンは歩いて行く。後に続くボディガードのひとりが、呆然と立ち尽くすロジェにわざとぶつかるように通りすぎた。

「ロジェっ」

潤は思わず物陰から飛び出していた。バランスを崩すロジェを支えようとするが、ひ弱な潤が背高のロジェを支えられるわけがなく、一緒に倒れ込んでしまう。

「……っ。いたのか。すまない、大丈夫か」

ロジェが慌てて杖を手にして立ち上がろうとするのを見て、潤は先に立って手を貸した。潤自身は大してケガもないが、ロジェが心配だ。

「大丈夫ですか？　どこかケガはされませんでしたか？　足は大丈夫ですか？」

「私は大丈夫だから、落ち着きなさい」

ついおろおろしてしまった潤に、ロジェの方が先に落ち着きを取り戻したようだ。しっかりとした口調で宥められて、潤は少しホッとする。だが、杖を持つロジェの手が小さく震えているのを見ると、何かしらのダメージを受けているのではないかと潤は推量した。

「では歩けるようでしたら、そこのベンチへ移動しませんか？　少し休憩しましょう」

すぐ近くに見えるベンチを指すと、頷いたロジェが歩き出す。肩を貸す行為を嫌がられたために傍でフォロー出来るよう潤はスタンバイした。杖をついたゆっくりとした歩みだが、その足取りは確かで潤は密かに息をつく。ロジェはそんな潤に敏感に気付いたようだ。

「だから大丈夫だと言ったはずだ。私のポンコツの足は、ここの気候を気に入ってか珍しく大人しくしてくれているのだ。今だったら駆け足も出来るだろう」

軽口を叩く余裕さえ見せる。

「喉が渇いたな。すまない、オレンジジュースを買ってきてくれないか。君の分もだ」

展望台のベンチに腰を下ろしたロジェに頼まれて、潤は買いに走った。たくさんのレモンやオレンジが並ぶ屋台で手搾りで作ってもらったジュースを持ってベンチへ戻ると、ロジェは何やら考えごとをしているようだった。

「ロジェ、どうぞ」

ひとつをロジェに渡して、潤は隣に座ってカップに口をつける。オレンジの他にレモンもブレンドされたジュースは、その場で果汁を搾ったせいか冷たくはなかったけれど、フレッシュ感満載で甘さより爽やかさが勝る美味しさだ。以前に行ったアフリカ北東部のシャフィークでも美味しいオレンジジュースを飲んだことがあるが、これはその時のものを上回るようだった。

「美味しいですね。こんなに味が濃いオレンジジュースは初めてです」

「うむ。南イタリアは太陽の光が強いせいか、野菜も果物も何でも味が濃い。ただのトマトサラダでも、パリで食べていたものとは段違いの美味しさだしな」

「そういえば、ロジェはインサラータ・カプレーゼをよく食べられていますよね」

「仕方なかろう。トマトも美味しいが、出来たてのモッツァレラチーズは何よりも勝る。ここにいる間は毎日食べたいくらいだ」

潤が頷くと、ロジェは少し恥ずかしげに眼差しをきつくする。

インサラータ・カプレーゼとは、トマトとモッツァレラチーズとハーブのバジリコを並べ、塩とオリーブオイルをかけただけのサラダだ。赤と白と緑というイタリアンカラーもさることながら、それぞれが素材の美味しさを引き立て合って本当に美味しい。特に本場イタリアで作られるモッツァレラチーズは日本とは違って水牛の乳が材料で、嚙むと甘くて濃いミルクがじわりとしみ出すようなクリーミーさが絶品だった。

あまり食が太いとは言えないロジェがモッツァレラチーズだけはよく食べるためか、ギョームがせっせとナポリ周辺のチーズ工房から取り寄せているらしい。

「――ロジェ。あの、先ほどのことを訊ねてもいいでしょうか」

しばらく潤は展望台から望む海を眺めていたが、どうしても心配な気持ちが強くなって話を切り出した。ロジェを見ると、仕方ないというようにため息をつかれる。

「さっきの人は、ペペギョームの親戚の方ですか？」

「あぁ、イヴォンの従兄弟《いとこ》だそうだ。イヴォンから紹介を受けたときは、まさかあんな男とは思わなかったがね」

「階段から落ちたりバイクの事故とは……」

「大したケガではない。ただ、そういうことがあったというだけだ」

潤が言いにくいながらも訊ねると、ロジェは短い間で応えを返してきた。こわばったような顔をさらして、ジュースのカップを強く握りしめている。そんな頑なな表情を見て、ロジェがすべてをひとりで抱え込んでいることを察した。

ギョームの地位や立場を考えると、同性の恋人であるロジェに何かしら口を出す人間が出てくるのは想像出来る。いや、同性でなくともそれは変わらないかもしれない。世界有数のファッションブランドのトップで、フランス革命以前は貴族の称号を持っていた名の知れた有力者のギョーム。そんなギョームの周囲には思惑のある人間も多く集まるだろうし、ギョームが恋人を作れば面白くないと思う人もいるはずだ。

それに、セバスティアンが言っていた言葉を潤は思い出す。

『男同士で結婚など、ギョームもどうかしてしまったに違いない』

そうだ、先ほどあの男はそんなことも言っていた。

「あの、ロジェ。ぺぺギョームとご結婚されるんですか?」

「イヴォンが勝手に言っているだけで私は承諾してはいないぞ!」

ロジェが嚙みつくように反応する。

「イヴォンが言い出したのだ。私と繋がりが欲しいと――」

しかし潤の戸惑った顔を見て、疲れたようにため息交じりで語り出した。

今年の春頃に、ギョームがロジェに結婚を申し込んだらしい。これからの人生を一緒に歩んでいきたい、と。

それ以前から、ギョームは何かとロジェと関係を作りたがっていたようだ。

昨年の秋に四十年ぶりに再会して愛を確かめ合った二人だが、若い頃のように一瞬にして愛が再燃するというには分別がつきすぎており、しかもロジェは自分を裏切って女性と結婚したギョームへの不信感もなかなか薄れなかったらしく、半年ほどは行きつ戻りつといった感じの進展だったという。加えてお互いの仕事が忙しいせいもあり、なかなか深まらない二人の関係にギョームが焦れているらしい。

聞いてみると、こんなに長い期間一緒にすごしたりゆっくり話したりするのは、バカンスに来た今回が初めてなのだという。

「ペペギョームとは、一緒に住んでいないんですか?」

潤はそれが驚きだった。

ギョームの執着はなかなかのものだと思ったし、ロジェもギョームへの気持ちは深い。思いを通じ合わせたのだから、二人はもうとっくに一緒に暮らしていると思っていたのだが。

「イヴォンからは再三提案される。だが、私があの十六区の豪邸に？　冗談ではない」

ロジェは気難しい顔をさらに険しく歪める。

「以前ジュンには話したと思うが、私と彼は身分が違うのだ。私はしがない移民の翻訳家だが、イヴォンはフランスでは知らない人間がいない著名人だ。連日のようにテレビや新聞で活躍する姿を目にする。家柄はもちろん、立場や影響力の大きさも含めて、私とはまったく違う。本来なら同じ場所に立つはずがない二人が一緒にいるのだから、弊害も生じやすい。それをイヴォンはわかっていないのだ」

ロジェは自身もフランスに住んでいるからこそ、ギョームの存在の偉大さがよくわかっているようだ。それは潤の想像を超えるものなのだろう。

「でも、でもだからこそ二人は惹《ひ》かれ合ったんですよね？」

ロジェの話を聞いていると、何だかとても不安になった。ロジェとギョームの間に大きな隔たりを感じてしまったからだ。

「そうだな……あぁ、その通りだ。イヴォンの、ユニークで自由奔放でわがままで、そしておおらかな性格は、あの環境があってこそだろう。そんなイヴォンが愛おしいと私は思う。だが、私もイヴォンも歳を取りすぎた。持ちものが多くなりすぎたのだよ。仕事や人間関係、価値観や金銭感覚、何より高すぎる私の矜持《きょうじ》や頑固さだな。煩わしくとも決して捨てられないそれらが、若い頃のように恋愛だけに生きることを許さないのだ」

ロジェは小さく苦笑して、夕焼けの海を望む。

四十年前には秘されていたギョームの背景をロジェはもうほとんど知っていることも、以前のように恋愛関係を深められない原因らしい。実際にギョームに連れていかれるパーティーの豪華さや今ロジェがはめているジュエリーウォッチのような高価なプレゼントを次々と贈るギョームの裕福さや環境に、ロジェは臆する気持ちがさらに強まっているみたいだ。

「イヴォンと話をして付き合いを深めれば深めるほど、彼との差を大きく感じる。それが心を頑なにするのだ。イヴォンは、自分の屋敷で一緒に住もうと言う。けれどそれをしたら、私はイヴォンの——大手ブランド『ドゥグレ』の庇護のもとで仕事をすることになる。イヴォンはそう思わなくとも、周囲はそう見るのだ。仕事は質も量も変わるだろう。環境も大きく変化する。それは恐怖である上に、私のプライドを刺激してならない。イヴォンの力で仕事をするようなことはしたくはないし、イヴォンに倚りかかるような生き方をするつもりはないのだ」

ロジェの言う『捨てられない』という思いはわからなくもない。ロジェは仕事をしている大人だからこそ、社会に対しても自分に対しても縛りを多く感じるのだろう。

「だが、一緒にいたいというイヴォンの気持ちは、そっくりそのまま自分の思いでもあるのだ」

ロジェはそれまでの力ない声の調子から一転して強く吐き出した。

「四十年前には果たせなかった恋愛関係を、今度こそ続けていきたいと私も強く願っている。しかし結婚をして一緒に住み始めて仲を深めたら、また以前のようにケンカばかりすることになるのではないかと思えてならない。今でさえ、私は素直になれないことが多いのに」

「ロジェ……」

ロジェの手が小さく震えていた。その手に、潤はそっと自らの手を乗せる。

夕方になって少し涼しくなったとはいえ、気温はいぜん高い。なのに、ロジェの手はひんやりと冷たかった。潤はそんなロジェの冷たさを温めるように力を込める。

「ペペギョームは、ロジェがそんな風に思っていることをご存知なのでしょうか？　二人で話し合ったりしていますか？」

「まさか。こんな臆病な感情をイヴォンに話せるはずがない。いや、本当は誰にも話すつもりはなかったのになぜかジュンには話してしまった。初めて会ったときから思っていたが、君は不思議な存在だな」

ロジェが苦笑して潤を優しく見つめる。ロジェの後半の言葉は嬉しいが、ギョームと大事なことを話し合っていないことは気がかりだ。好きな人に自分のマイナス面を知られることを恐れる気持ちはわからないではないけれど。

このバカンス中ギョームやロジェと接する機会に見ていると、不器用ながらもロジェは懸命に愛情を伝えようとしていた。が、ロジェはもともと感情表現が苦手で天《あま》の邪鬼《じゃく》なところがある。自分の気持ちをすべてさらけ出すことはやはり難しいのだろう。

「でも、先ほどの——ペギョームの親戚の人に脅されていることだけは話した方がいいんじゃないですか？　仕事の妨害をしたりロジェの命を狙ったりしているんですから」

「それはそうなのだが……」

しかしロジェは及び腰だ。

話を聞いてみると、従兄弟であるセバスティアンが多少素行が悪いのはギョームも知っているのだという。その上で、兄弟同然に育ったために見捨てられないのだとギョームから苦笑交じりに聞かされたようで、さらなる悪行を告げ口することに躊躇しているようだ。

「事故は私が気を付ければいいのだし、イヴォンとも結婚をせずにこのまま変わらない関係を続ければ、彼もこれ以上何か言ってくることはないと思うのだ。私との付き合いのせいで、ギョームの人間関係にこれ以上の変化を来《きた》したくない」

「でも、あの男性は別れろと言ってましたけど……」

「だが、結婚しなかったら私に財産権は生じないからな。あの男の取り分も減らないだろう」

「あ、そうか！」

ロジェの言葉を聞いて、潤はようやくセバスティアンが結婚に反対していた理由に気付く。

「あれ？　でも、だったらなぜあの人はぺぺギョームと他の女性との結婚を薦めるんでしょう。それもヴァレリーって、その人は昔ロジェを陥れたひどい女性ですよね？」

「……そうか。イヴォンが話したのだったな」

沈黙のあと、ロジェがため息交じりに言った。そのセリフにはっと気付き、潤は顔を上げる。気難しげなロジェの顔に、潤は慌てた。

「そうなんです！　ロジェの昔のことをおれも知ってて、何かすみませんっ」

立ち上がって、ロジェに頭を下げる。

ロジェの詳しい恋愛事情を潤が知っているわけは、実はギョームに聞いたからではなかった。

昨年の夏休みに潤はパリに滞在したのだが、その時に蚤《のみ》の市《いち》で買ったのが偶然にもロジェの日記だったのだ。四十年前にロジェが書いたアンティーク本風の日記帳には、ロジェがイギリスからパリへやってきて運命の相手であるギョームと出会って恋をし、破局するまでの一部始終が書かれていた。お手本のようなきれいなフランス語の記述に、潤はフランス語の手習いとして日記帳を繙《ひもと》き、それゆえにロジェの過去を詳細に知ってしまったのだった。

最終的にロジェの日記はギョームへと手渡したが、二人で相談した結果、日記帳についてはロジェには秘密にすることになった。偶然とはいえロジェの秘密を暴いたことは潤もとても申し訳なく思ったが、読んだことを秘さなければいけないほど、日記にはロジェの内面が赤裸々に綴ってあったのだ。それでもその日記のお陰でロジェと再会出来たのだとギョームが深い感謝の気持ちを伝えてくれたり、日記帳を宝物のように大事にしていることを話してくれたりして、潤もほんの少し気持ちが救われていた。

しかし、いざロジェを目の前にすると、黙っているのはやはり後ろめたい。

「いや、構わない。イヴォンが私とのことを昔話としてジュンに語って聞かせたお陰で、今の私たちがあるのだと思っている。ジュンには感謝しているくらいだ。そうだな、ジュンはヴァレリーのことを知っているのだったな」

ロジェはそんな潤の腕を叩き、もう一度隣に座るように促した。

ヴァレリーという名の女性は、四十年前にロジェとギョームが付き合いだしたときに婚約者だと偽ってロジェの前に姿を現した悪女だ。もともとはギョームの友人だった彼女は、自分がギョームと結婚したいがために、ロジェとギョームの間に入り込んできたのだ。ギョームの前では優しい友人のふりをして、ロジェの前では悪辣《あくらつ》な本性を見せて追いつめていったヴァレリー。最終的にロジェを陥れて追い払い、傷心のギョームを優しく慰めて結婚したのだが、そう間を置くことなくそれまでの悪事がバレてギョームと離婚したことは潤も知っている。

そんなヴァレリーが、どうして何事もなかったかのようにまたギョームの再婚相手に名乗りを上げているのか。潤は疑問に思ったが、どうも過去のヴァレリーとの離婚はギョームからの一方的な通告だったという誤った噂が世間ではまかり通っているという。ギョームが離婚する際に彼女を貶《おとし》めるような事実を公表しなかったのをいいことに、ヴァレリーは被害者の立場を貫いて世間の同情を買ったらしい。

自身もフランスの資産家の娘らしいヴァレリーは、その後も有名人との結婚と離婚を繰り返して世間を賑わしていたというが、ここに来てギョームとの再婚を望んでいるのか。

「おおよそ、セバスティアンと裏取引でもしているのだろう。互いの利害関係が一致したか」

「だったらなおさら、ぺペギョームには話した方がいいと思いますが」

質《たち》の悪い二人がタッグを組んだら、ロジェの窮地ではないだろうか。

「……そうだな。今度機会があったら私の口から言う。だから、ジュンからは言わないように」

「はい。でも、泰生には話してしまうと思います。ぺペギョームには伝わらないようにしますので、どうか許してください」

潤の言葉に、ロジェは苦笑した顔を見せた。

「ジュンたちは、深く繋がっているな。私にとっての理想の恋人像だ。恋愛に年齢など関係ないのだと、二人を見ていると思うよ」

「ありがとうございます」

ロジェの声に羨ましがるような響きを感じて、色々と抱え込んでしまうらしいロジェの悩みが少しでも早く解消しますようにと潤は心の中で強く願った。


「バカンスに来てまで必死に勉強してんなよ。潤」

地中海の海が一望出来るテラスで勉強していた潤は、泰生の声を聞いてはっと顔を上げる。

あと三日は帰ってこないはずの泰生がアンティークテラコッタタイルの廊下に立っていた。

シンプルな白のシャツに緩くネクタイを締めた泰生は、潤と目が合うと歩み寄ってくる。

「泰生、え、え！　今日帰ってきたんですか？」

「そ、ちょっと用事があって――あぁ、逆だ、予定がパーになって時間が空いたんだ。ギョームのせいだから問いつめに来た」

「ペペギヨームの？」

立ち上がった潤の後頭部に大きな手が回るのを意識する。引き寄せられるままに、潤はお帰りのキスを交わす。リップ音をさせる泰生に、潤は照れくさくなって視線を逸らした。

「ペペギヨームのせいで予定がなくなったって、どういうことですか？」

テーブルの上の勉強道具をまとめながら訊ねると、泰生が鼻の上に盛大にシワを寄せる。

「ギョームが頼んできたパーティーの演出の件だ。ギョームは今の時間シエスタか？」

「あぁ、どうでしょう。ごめんなさい、わかりません……」

使用人に訊ねると、ロジェと一緒に図書室にいるとのことだったので、二人で向かってみた。

座り心地のいいソファーに腰かけて、本を読むロジェを幸せそうに眺めるギョームに潤はつい笑みが浮かんでしまう。

「ギョーム。今いいか」

が、泰生はそんな二人の雰囲気に関係なくソファーへと近付いていった。

「ロジェとの時間を邪魔するのは誰かと思いきや、君か。うん？　帰りは今日だったかな」

「予定はもう少し先だった。けど、ギョームに用があって帰ってきたんだ。電話じゃ、らちが明かないと思ってな」

「何だろうね。いいよ、場所を移そう」

そう言って立ち上がりかけたギョームに、ロジェが自分も休憩をするからここで話して構わないとの声を上げた。すぐにギョームがコーヒーを運ばせる。

「それで、僕に用って何かな？」

「コンテッサ・サヴォイアと絶縁してるって、本当か？」

切り出したギョームに泰生が応えると、ギョームがむっと表情を硬くした。

「彼女に頼みごとをしようと思ったが、ギョームとは縁を切っているからって断られたんだ。あんなに仲のよかった二人なのに、一体どうしたんだよ」

「別に、どうもしないよ」

「どうもしないなら、絶縁状態になんかならないだろ。あのおしゃべりなコンテッサが、何を聞いてもむっつり押し黙って訳ひとつ話さないんだ。相当な何かがあったんだろ？　だったらギョームから聞き出す以外ない」

機嫌の悪いギョームに構わず突っ込んで聞こうとする泰生に、潤の方がハラハラした。

コンテッサとはイタリア語で伯爵夫人のことだ。だから、コンテッサ・サヴォイアとはサヴォイア伯爵夫人ということだろう。その名は潤も一度だけ耳にしたことがある。

今年の一月、泰生の演出の仕事で訪れたイタリア・ミラノで泊まらせてもらった貴族の邸宅が確かサヴォイア伯爵のものだったはず。あの時、泰生が親しくしていると言っていたコンテッサのことだろう。ギョームとも縁が深い人物だったらしい。

貴族といってもさばさばして気のいいバーサンだと口にしていた泰生の言葉も、潤は一緒に思い出していた。

「彼女が何もしゃべらないなら、僕も言わないよ。なぜ僕が話さなきゃならないのかね。それに僕たち——僕は何も悪くないからね。タイセイも、コンテッサに何か依頼して断られたんならさっさと諦めた方がいい。彼女はとんでもなく狭量で偏屈で剛愎《ごうふく》だからね」

「何だよ、それ。他のはともかく狭量はないだろう、あのコンテッサに限って」

「悪口じゃないよ、事実だ。私だってコンテッサがあんなにもわからず屋だとは思わなかったんだ。この歳になって驚きの新事実だね。だが、もういいのだ。彼女とは絶交したんだからね。僕には関係ない。だから、彼女のことは僕に聞かないでくれ。話したくもない」

ギョームの頑なな言い方は、どこか意地を張っているように感じた。ケンカした相手が親しかったゆえに、反発する気持ちも大きくなったような。

さらに潤が気になったのは、ギョームの隣でコーヒーカップを握るロジェだった。気難しげな顔はいつも通りだが、どことなく表情が暗い。何より眼差しが顕著だった。青灰色の瞳はひどく気遣わしげにギョームを見つめている。

「ギョーム。あんたまでそんな子供みたいなことを言うなよ」

「子供でけっこう。この歳だからね、若返ることが出来て嬉しいくらいだよ。いいかい、タイセイ。コンテッサとの間で仕事に関わる何かがあろうとも、僕を頼みとはしないでくれね。協力は一切出来ないから」

そう言うと、ギョームはロジェを散歩に誘う言葉を口にして席を立つ。ロジェと一緒に歩き去るギョームの後ろ姿を見ながら、泰生はがしがしと苛立ったように頭をかいた。

「ったく、どっちが偏屈だよ。あの頑固ジジイが」

「泰生」

「あ？　何だよ」

口の悪い泰生に潤が困って声をかけると、逆にじろりと睨まれてしまった。機嫌を直してくれないかなと願いながら視線を合わせていると、泰生はふてくされたようにそっぽを向く。

「あー……ったく。何なんだよな、二人いい歳なのに。ギョームのあの様子じゃ、完全にプライベートでの諍いだろ。まさに子供のケンカだ。だから厄介なんだよなぁ」

お手上げというように、泰生がソファーにもたれかかって天井へと顔を向けた。

本当に、ギョームに何があったんだろう……。

確かに意固地なことを口にしたギョームだが、立ち去るまでその表情はこわばっていた。様子のおかしかったロジェはもちろん心配だが、ギョームのことも潤は気になってならない。

先ほどギョームはすぐに言い換えたが、『僕たち』は『何も悪くない』と言いかけた。もしかして、ギョームとロジェの付き合いのことでケンカしたのではないだろうか。だとしたら、ギョームが頑なになるのはわからないではない。ギョームはロジェのことをだれよりも大事にしているのだから。

「……な、何ですか？」

ぼんやりと考えごとをしていると、泰生がじっとこちらを見ていることに気付いた。

「いや、潤は何を考えていたのかと思ってさ。えらく深刻そうな顔をして」

「それは、ペペギョームのことです。何があったのかなって心配で」

潤はギョームとコンテッサのケンカの原因がロジェとのことではないかという推測を話して聞かせる。ロジェがずっと心配げにギョームを見つめていたのも、そのせいではないかと。

「なるほど。それはあり得るな」

思い巡らすように顎を撫でながら、泰生は最後に大きく頷いた。

「やっぱ潤だな、色々とよく気付くぜ」

しみじみと呟いて、泰生が目を細めて潤を見る。

しっかりとした意思を感じる強い目で見つめられて、潤はどぎまぎした。

これまでの恋人としての自分へ向けられていた愛おしさや慈しみなどの愛情に加えて、称賛とか信頼とか確信とかいう人間性を認めてくれたような眼差しだったためだ。

自分を見る黒々とした瞳がさらに色を濃くして魅惑的に輝きだした気がした。

「なぁ、潤。おまえさ、ギョームと話してこい」

その目で、泰生は潤を搦《から》め捕る。

泰生の顔からは先ほどの苛立った気配はかき消えていた。入れ替わるように、自信に満ちたいつもの泰生の笑顔が浮かんでいる。

潤が大好きでならない泰生の顔だ。

「さっきはおれもちょっと言いすぎたかもしれねぇから、潤にさ、ギョームの様子を見てきて欲しいんだ。頼めるか？」

泰生に見つめられて、潤はしっかり頷く。

そうだ。本当は泰生だって仲のいいギョームとコンテッサが仲違いしていることを心配したに決まっている。だが、演出の仕事が絡んだせいでつい利害を優先して話をしてしまったのだろう。泰生はそんな自分に苛立ったのかもしれない。

潤を信頼してそのフォローを任せられた感じがして、大いに気持ちが奮い立った。

泰生を見ると、潤の考えが正しいように頷いてくれた。そんな泰生の顔がどんどん近付いてくる。少し斜めに顔を傾ける泰生の様子に、潤はつい目をつぶってしまった。

笑うような小さな吐息が先に唇に触れ、すぐに泰生の熱も追いかけてきた。

「ん……」

触れるだけのキスかと思ったけれど、悪戯っぽく濡れた舌で唇を舐められて潤は思わず首を竦める。その拍子にキスが解けて、潤は顔を赤くして立ち上がった。

「おれっ、行ってきます！」

「あぁ、頼むぜ」

泰生がにやにやと笑いながら手を振る。そんな泰生を甘く睨んで、潤は踵《きびす》を返した。

何だか、この別荘に来てからところ構わずキスをしてる気がする……。

ギョームたちが挨拶のようにキスをするせいか、キスという行為に抵抗がなくなってきている感じだ。これは日本に戻ったときに気を付けないといけないと、潤は気を引き締める。

テラコッタの床を歩きながら、潤は熱くなった頬に手をやった。


ギョームはさほど探すことなく見つかった。散歩へ行くと言っていたからいないかもと思ったが、先ほど潤が勉強していたテラスでひとり海を眺めていた。

「ペペギョーム、ご一緒してもいいですか？」

潤が近付いてくることに気付いていたようで、声をかけると視線でいいよと返事をされる。

表情はまだどこか硬かった。先ほどのことを引きずっているのかもしれない。

テーブルを挟んで向かいの席に座りながら、今はコンテッサの話はしない方がいいかなと潤は迷った。ギョームは心配だが、だからといって無理に聞き出すようなこともしたくない。

うん、そうしよう……。

「ロジェと出かけられたんじゃなかったんですか？」

「散歩に出る気分ではなかったようでね。今はシエスタだよ。ロジェは根のつめすぎだ。図書室の本を、本当にすべて読み尽くす気なのかもしれない。ジュンからも、僕との時間をもう少し取るように言ってくれないかい？」

ロジェを恋しがる言葉に潤はくすぐったい気持ちになる。

「はい。今度言ってみますね」

「……そんなことを言って、最近はジュンこそがロジェと一緒になって図書室にこもってるじゃないか。僕を放りっぱなしにするのは、君もだよ」

「それはすみませんっ。最近お忙しそうだったから、つい。おれも、本当はもっとぺぺギョームとお話をしたかったし、散歩もしたかったんです」

「それなら、声をかけてくれればよかったのに」

「そうなんですけど。でもぺぺギョームがロジェと一緒のときに、声をかけたらお邪魔じゃないかなって気になっていたので」

最初のときに冗談交じりにロジェとの時間を邪魔しないようにと言われたせいか、ギョームにはこれまでなかなか話しかけられないでいた。ギョームが忙しいせいもあるし、それ以外はだいたいロジェと一緒だったからだ。

潤が本音を口にすると、ギョームは声を上げて笑う。

「そんなことを気にするなど、ジュンらしいのかね。だが、ジュンと僕たちの仲じゃないか。邪魔なんてことは気にせずに、いつでも声をかけてきなさい」

「はい。ありがとうございます」

すっかり機嫌を直して微笑むギョームに、潤も嬉しくなって何度も頷いた。

「――それで、タイセイに言われて来たのかな？　何か取りなして欲しいとでも？」

おもむろにギョームが話を切り出した。すっかり気が抜けていたためか、潤はあからさまにぎくりと体を揺らしてしまった。素直な反応をした潤に、ギョームは苦笑する。

「いえ、取りなして欲しいなんてことはひと言も。ただおれがいても立ってもいられなくて来たんです。ぺぺギョームが気になったおれを、泰生は後押ししてくれただけで」

「僕が気になったって、どうしてかな？」

「ぺぺギョームが、いつもとは違って見えたからです。お友だちとケンカしていることが、やるせないというかつらいと感じていらっしゃる風に見えて」

ギョームが驚いたように潤を見る。目が合うと、何でもないように肩を竦めてみせたが。

「別に――コンテッサとケンカしても、やるせないともつらいとも感じていないよ。僕は」

「そうなんですか？　だったらよかったです……あれ、いいのかな？　でも、話をしていたときロジェの様子も少しおかしかったから、それも気になって」

「ロジェの様子がおかしかった？」

「はい。ぺぺギョームのことを気遣うように見ていました。少し苦しいような顔をして、だからもしかして――もしかしたら、お友だちとはロジェとのことでケンカをされたのかなって」

潤の話を聞いてギョームは呆然としていたが、やがて長いため息をついた。頭を抱えるように椅子にもたれかかる。

「ぺぺギョーム」

ギョームは確かまだ六十六歳くらいではなかっただろうか。普段から表情は豊かでシワはあるものの血色のいい肌はつやつやしており、おじいちゃんと言うには少し早い気がしていた。が、今途方に暮れたように眉をしかめるギョームは、不思議と年老いて見えてしまった。

だから、潤の心に強い後悔の気持ちが生まれる。

「ぺぺギョーム、すみませんでした」

ぎゅっと唇を噛みしめて、潤はテーブルから身を乗り出した。

「実はさっき泰生がおれを送り出してくれたとき、少し言いすぎたから様子を見てきてくれと言われたんです。なのに、おれがもっと突っ込んだことを聞いて――いえ、言いすぎてしまうなんて。本当にすみません」

最初に、何も聞かずに座っているだけにしようと思い直したはずだった。

苦しいとき、誰かが傍にいてくれるだけでも心強いことは潤も知っている。気晴らしに、先ほどの会話とは関係のない話題を取り上げてみようかなんて考えてもいた。

なのにギョームから話を振られて、動揺してつい言わないつもりだったことを話してしまったのだ。完全な潤の手落ちだった。

「いいのだよ、ジュン」

後悔いっぱいの潤の顔を見て、ギョームは微苦笑して首を振る。

「君の気持ちに逆に心が癒《い》やされたよ。ジュンは優しいね。タイセイとは大違いだ」

拗ねたような声でつけ加えられた最後のセリフに、潤は答えに窮した。もちろんギョームも冗談で言ったらしく、潤と視線が合うとバチンとウィンクをされる。そんなギョームに潤もホッとして顔を緩めた。

「君には完敗だ。ジュンは、他の人間には見えないものが見えるようだね」

そう言ったギョームは、テーブルに頬杖をついて海へと視線を飛ばす。軽やかな空色の瞳が、遙か遠くを見つめるようにその色を濃くした。

「ジュンは、コンテッサ・サヴォイアを知っているかな？」

「いえ、直接は知りません。今年ミラノへ行った際に、コンテッサ・サヴォイアの屋敷に宿泊させてもらったくらいで、コンテッサとお会いしたことはないんです」

「あぁ、コンテッサもタイセイをいたく気に入っているようだからね。タイセイの生意気な面も、コンテッサには可愛く見えるらしい」

ギョームの話を、潤は興味深く聞く。

イタリア北部に領地を構える伯爵夫人は、ギョームとは年齢も近かったからかヨーロッパの社交界にデビューする前から顔なじみだったという。

それでも親しく付き合い始めたのは、三十年ほど前から。ギョームが若いクリエイターたちを応援するべく後援に乗り出したとき、同じようにコンテッサもパトロン事業に精を出していた。その縁もあって急速に仲良くなったようだ。

泰生をコンテッサに紹介したのは何とギョームだという。ギョームの会社である『ドゥグレ』を始めとした高級ブランドのお得意さまであるコンテッサはファッション業界にも大いに顔が利くらしく、異国の地で孤高を守る泰生の助けになればとの思いからだったようだ。

一般的な貴族やラグジュアリー層にありがちな高慢なところがない変わり者のコンテッサだからこそ、傲岸不遜《ごうがんふそん》な泰生でも気に入ってくれるだろうと予測してのことだったが、まさかあそこまで仲良くなるとはギョームも思わなかったらしい。

「タイセイは不思議な魅力を持つ男だからね」

ギョームは謎でならないとばかりに両手を大きく広げてみせた。

そういうわけでギョームとコンテッサは若手クリエイターを支援する同志として、また友人としてもずいぶん親しくしており、恋人のロジェを紹介するのも自然の流れだったようだ。

だが、コンテッサはロジェとの恋愛関係を真っ向から否定した。敬虔《けいけん》なカトリックであるから同性愛は受け入れられないとの理由だったが、しかし本来彼女はリベラルな考えを持っており、同性愛を否定するような言葉はこれまで一度も聞いたことはなかったという。なのに、今回に限ってコンテッサは二人を激しく批難した。

コンテッサのことは長年友として信頼もしていたゆえに、そんな彼女が同性愛を否定したばかりか、ロジェに対しても面と向かって責め立てたことがギョームには許せなかったようだ。

そして、ショックも大きかった。

「彼女があんな女性だとは思いもしなかったよ。コンテッサがその件について謝罪して僕たちの関係を祝福するならまだしも、僕から歩み寄るつもりは一切ないね」

そう言うギョームの顔は頑なだったけれど空色の瞳は暗く沈んでいて、コンテッサと仲違いしたことに深く傷つき苦しんでいるのがわかった。

そんなギョームの顔を見て、潤はロジェの言葉を思い出していた。

『私との付き合いのせいで、ギョームの人間関係にこれ以上の変化を来したくない』

以前、ロジェを脅迫していたセバスティアンの悪行を、ギョームにも話した方がいいのではと潤が言ったときの言葉だ。あの時はさらりと聞き流してしまったけれど、もしかしたらコンテッサとのことがあったからセバスティアンの件もことさら慎重になっているのかもしれない。

自分のせいでギョームが仲のいい友人と絶縁したことに、ロジェも苦しんでいたのだろう。

こんなギョームを身近で見ていたらたまらなくもなる。

「コンテッサ・サヴォイアと、早く仲直り出来たらいいですね」

そう思うと、潤は願うようにギョームへ話しかけていた。

コンテッサがどういう女性かは知らないが、ギョームがこんな顔を見せるほど長年親しくしていた相手だ。泰生の話からしても、決して悪い人間ではないはず。二人が少しでも早い時期に友情を取り戻せることを、潤は心から願ってやまなかった。

「皆が皆、ジュンみたいだといいのにと僕も思うよ」

そうギョームは言ったあと、気持ちを切り替えるように小さく息を吐く。

「そうだ。ジュンにひとつ報告することがあるんだ」

「報告ですか？」

「実はね、僕はロジェと結婚したいと考えているんだ」

恥ずかしそうに告げたギョームの言葉に、潤はどぎまぎする。その話はもう知っていたからだ。が、ロジェからは口止めをされているために初めて聞いたふりをしなければいけない。

「まぁ、PACS《パックス》制度でもいいけれど、僕の理想としてはちゃんとした結婚だな。フランスでもようやく同性婚が認められたのだからね。あぁ、せっかくだから結婚式もしたいねぇ」

PACS制度とは、フランスでの事実婚となる契約のこと。安定した共同生活を送るために税制などが優遇されたりさまざまな面で有利な権利が生じたりと、二人がパートナーであることが公的に社会から認められる制度だ。

しかしギョームが望んでいるのは、近年フランスで法的に認められた同性婚の方らしい。

「ステキだと思わないかい？　ロジェと結婚出来るんだよ。ずっと以前――四十年前に僕がロジェに夢中になっていたときも、出来ることなら今すぐにでも結婚して誰よりも深く結びつきたいと願ってやまなかったが、今ではそれを本当に実行することが出来るんだよ」

「そうですね。ステキですねぇ……」

夢見るように語るギョームに感化されて、潤もつい泰生との結婚を考えてしまう。

気持ちの上でも形の上でも既に結婚している潤と泰生だけれども、法的にも認められるというフランスの同性婚の制度は確かに羨ましい。日本にも養子縁組など同性パートナーとして法的に関係を作る方法はあるけれど、男女にしか許されない『結婚』というものは潤にとっても特別で永遠の憧れに思えた。

だから、ギョームの気持ちも大いに理解出来る、が――。

「でもあの、ぺぺギョーム。ロジェは、ロジェもそう望んでいるんですか？」

潤が訊ねると、ギョームは表情を曇らせて身を乗り出してきた。

「そうなんだよ。聞いてくれないか、ジュン。ロジェは、結婚のことは今は考えられないと言うんだ。ロジェは僕と結婚したくないんだろうか」

「そんなことはないと思います。ロジェは、ギョームのことを本当に大好きですから」

「うん。それは僕も疑っていないよ。ロジェも僕と同じように愛してくれていると。でも、結婚以前に同居さえ了承してくれないのは、どうしてだろう。愛しているなら、いつでも一緒にいたいという気持ちは当然だろう？　プライベートの時間は出来るだけ共有したい。なのに、ロジェは自分の生活があるから一緒には暮らせないとの一点張りなんだ。四十年前は何の抵抗もなく同居してくれたのに、今はなぜ……」

熱く語るギョームに、彼がどれほどロジェとの同居や結婚などの深い結びつきを望んでいるのか伝わってくる。

「もしかしたら、ロジェは僕の愛情を本当の意味では信じていないのではと考えたりもするんだよ、四十年前に一度裏切ってしまったから。だからね、ジュン。今度のパーティーでは、正式に結婚を考えているパートナーだとロジェを皆に紹介しようと考えているんだ。そうしたらロジェも僕の気持ちが本気だとわかってくれるんじゃないかって思っているんだけど」

けれどこんなギョームの熱烈さこそがロジェを怯《ひる》ませているのではないかと潤は思うのだ。ロジェの慎重で堅実な性格からすると若い頃のように勢いに任せて同居したり、ましてや結婚したりなどはなかなか出来ないのではないだろうか。

四十年前、ロジェはギョームと同居して失敗している。自分の気持ちを素直に口にしなかったりギョームが訳あって素性を明かさなかったせいでロジェが色々と疑心暗鬼になったりしてケンカが増えていったことが原因だけれど、その失敗があるゆえに、ロジェが臆病になっている話は先日聞いたばかりだ。

しかし口止めされたこともあってそれを話すわけにはいかず、潤はもどかしさに唇を噛む。

けれど、はっと思いついたことがあった。

「あの、おれはっ……」

そうだ。ロジェのことを話せないなら自分のことを話してみよう。

「おれは、昔泰生と付き合い始めたとき、泰生の気持ちをなかなか信じられませんでした」

すぐに勢い込んで声を張り上げたものの、気持ちと言葉を整理するために一度深呼吸をして、潤は慎重に言葉を綴っていく。

「いえ、それは泰生が悪いんじゃなくて、自分の気持ちに問題があったんですけど」

華やかな美貌に圧倒的なオーラ、世界的なトップモデルと誰もが憧れる存在であるのに加えて、泰生は飽き性だという周囲の言葉に毒されていた時期があった。実際泰生はどこまでも自由奔放で、それまでの恋人との付き合いも短いスパンで繰り返されていたようだ。

だから泰生と付き合い始めたとき、泰生が好きだと言ってくれる今この瞬間の気持ちを疑ってはいなかったけれど、移り気な泰生の熱がいつかなくなってしまうのではという恐れは確かにあった。自分に強い劣等感を抱いていたせいもあり、寄せてくれる泰生の気持ちの強さがこの先もずっと持続するとは決して思っていなかったのだ。それでも泰生が自分をいらないと言うまで、全力で付き合えたらいいと潤は考えていた。自虐的な覚悟ともいうべきか。

「けれど泰生と付き合いを深めるうちに、気持ちが変わってきたんです。泰生の言葉を、気持ちを信じていいのかもしれないって」

それは、泰生の言葉だったり見せてくれるしぐさだったり、愛しげな眼差しや優しい手の感触、抱きしめてくれる腕の強さなどそんな何気ないことの積み重ねが潤の気持ちを変えていったのだ。泰生を信じる強さをもらった気がする。

「今、ロジェもそんな風に気持ちが変わっている途中なんじゃないかなとおれは思うんです」

決してギョームの心を、言葉を信じていないわけではない。

ギョームをしっかと見て潤が言うと、目の前の友人は不思議そうに瞬きを繰り返した。

なぜロジェの気持ちがわかるのかと問われている気がして、潤は頷き、しゃべりやすいように唇を舌で湿らせてから言葉を継ぐ。

「以前――一年前のことですが、ぺペギョームはロジェのことを月の化身のような人だと喩《たと》えたことがありましたよね。あの時は主に容姿のことをおっしゃっていたかと思いますが、おれは内面もロジェはそんな控えめな方だと感じています。年上の方には少し失礼な言い方になるかもしれませんが、いじらしいくらいに臆病な方だなと」

「あぁ……そうだね。僕もその感覚はわかるよ」

潤の言葉に、ギョームは大きく頷いた。

「そんなロジェだからこそ、おれ以上に誰かの思いを受け入れることに慎重になるのではないでしょうか。劇的な変化を怖がったり恐れて頑なになったりするんじゃないかなと」

けれど、決して平行線のままではない。なぜなら、ロジェはギョームを愛しているのだから。

潤は確信に近い思いを抱いて、言葉を締めくくる。話のあと、ギョームは長い間沈黙していた。遠くの青い海をゆっくり進んでいく白い帆船を目で追いながら、何かを考えているようだ。

「ふぅ……」

そうして、ひとつ大きなため息をついて潤へと視線を戻す。

「ぺぺギョーム？」

「ジュンは、ロジェの気持ちがよくわかるのだね。悔しいが、確かに僕には想像もつかない感覚だよ」

苦笑して、ギョームは椅子にもたれかかった。

「そういえば、以前パリのカフェでもジュンはロジェと同じようなことを口にしていたね。ジュンとロジェは、感性や考え方が似ているんだろうか」

言われて思い出したのは、これも一年前のことだ。

昨年のバカンスでパリへ行ったとき、ガイドブックに必ず載るような老舗カフェでギョームと一緒にコーヒーを飲む機会があった。華やかな外装やしゃれた店内、ギャルソンやそこに集う客の雰囲気もゴージャスすぎて、潤には少し居心地が悪い気がした。そんな感想をもらした潤に、同じようなことを言った人物がいたとギョームはロジェを思い出していた。

「そうだねぇ。言われてみると、僕もちょっと焦りすぎていたのかな。ロジェと僕は違う人間なのに、同じ気持ちでいてくれると信じて疑わなかった。本当のロジェを、僕は見てなかったのかもしれないね。ロジェの気持ちを後回しにしていたのか。これは、ちょっと堪《こた》えるな」

「いえ、そんなことは……あの、ぺぺギョームは多分今のままで構わないんだと思います。そんなペペギョームが好きだってロジェはおっしゃっていましたから」

「――ふむ、なるほど。ジュンが確信を持って話していたのは、ロジェとこの件について事前に話をしていたからのようだね。相談を受けたのかい？」

「っ……」

失敗した――っ！

焦る潤はおろおろと視線をさまよわせた。そんな潤を、ギョームは表情なく見つめてくる。

「すみませんっ、偶然知ってしまったんです。それで、ちょっと話しただけですからっ」

どれだけ見つめられても、ロジェと話したことを潤は言えない。それがロジェとの約束だからだ。けれど、ギョームの切ない気持ちもわかってしまうため、潤は苦しかった。

頭を下げたまま背中に汗が噴き出すのを意識していると、ギョームがくつくつと笑い始める。

「どうやらロジェから口止めをされたみたいだね。仕方ないな、無理に問いつめたりしないよ」

そう潤を許してくれる。顔を上げると、複雑そうなギョームの顔があった。

「本当にすみません」

「いいんだよ。そうだね、あの警戒心の強いロジェの懐《ふところ》に最初からするりと入り込んだようなジュンだ。この件に関しても何らかの相談を受けていても不思議はない。でも……言える範囲の話はなかったかい？　僕のことを何か言ってなかったかな」

しかし最後につけ加えられた言葉こそが、ギョームの本心を告げていた。茶目っ気たっぷりに微笑まれたが、だからこそ潤はギョームの切ない気持ちが伝わってくる気がする。

そうだよなぁ、恋人の気持ちなら何だって知りたいよね……。

「ロジェは、四十年前のような破局は絶対避けたいと思って努力をされています。ペペギョームが先ほどおっしゃったように、ロジェの感覚や気持ちを思いやって二人の時間を大事にしたら、意外にすんなり解決するんじゃないかなとおれは思います。そんなことを、おれはロジェと話しました」

「そうか。僕が決意したことは間違っていなかったわけだね。それだけでもわかってよかったよ。ありがとう、ジュン」

潤の話を真剣に聞いていたギョームは、どこかホッとした顔でそんな風に言ってくれた。いっぱい話したから何かお腹がすいたねとギョームは言い、使用人に持ってきてもらったミルクジェラートを一緒に食べていると、ギョームがにこにこと潤を見ていることに気付く。

「ペペギョーム？」

「いや、君と接していると癒やされるなと思ってね。ジュンは、本当にフランスに来る気はないのかい？　ずっととは言わないが、しばらくでいいから君と暮らしてみたいな。ロジェとともにジュンも一緒に暮らしたら、何もかも上手くいく気がするんだけれど」

思わぬ提案に、食べていたジェラートを噴き出しそうになった。しかもその後は変に喉につまらせてしまい、盛大に咳《せ》き込む。

「オウ、大丈夫かな。冗談を言いすぎたね」

ギョームが慌てたように席を立ってきて背中を撫でてくれる。息がまともに出来なくて苦しみながら、背中越しに感じる優しくて温かいギョームの手が潤は嬉しかった。

「さて、そろそろロジェもシエスタから目覚める頃だね。そうだ、ジュン。三人で散歩へ行かないかな？　砂浜までのレモン畑を歩こうと考えているんだが」

「はいっ。ぜひ、ご一緒させてください」

弾んだ声で潤が返事をすると、ギョームがくすぐったそうに肩を竦める。各々準備をして、玄関ホールに集合しようと約束を交わし、潤はギョームと別れて歩き出した。


泰生とのんびり話をすることが出来たのは夜になってからだ。

ギョームとの話を泰生に聞かせると、少し呆れたようにため息をつく。

「なるほどね。ロジェとの付き合いを真っ向から批難されたら、ギョームは怒るだろうな」

ベッドに寝そべる泰生の足下でストレッチをしながら、潤は恋人の話を聞く。

「だが、コンテッサがそんなことを言うなんて確かにらしくないな」

「そうなんですか？」

「あぁ。コンテッサ・サヴォイアはイタリア人らしい敬虔なキリスト教徒であるのは間違いないが、人の恋人が男だろうがとやかく言う人間じゃないはずなんだが。現に、おれが男の潤を恋人にしていることも彼女は知ってるし、彼女の方から話の種に潤との仲を聞いてくるくらいだ。もしかしたら、ギョームが気付いていないだけでコンテッサとの間には別のトラブルが潜《ひそ》んでいるのかもな」

泰生はそう言うと考えごとをするみたいにしばし天井を見つめていた。何か解決法を探っているのかもしれない。

しばらくそんな泰生を見ていたが、実は潤はもうひとつ泰生に話したいことがあった。

「あの、実はロジェについてもちょっと心配なことがあるんです――」

ギョームへの口止めをお願いした上で、潤は先日ロジェから聞いた話を泰生に相談する。ギョームからの結婚話に躊躇していることや同居を望まれたが断っていること、もちろん一番はギョームの従兄弟であるセバスティアンから別れろと脅迫されていることだった。それに加えてヴァレリーの再婚話についても。

「同居と結婚については、二人でじっくり話し合わなければ解決しない問題だな。ギョームがちょっと舞い上がりすぎて突っ走ってるなってのはおれも感じてたが、まぁ、ロジェの頑固で意外に繊細な性格からして時間は少しかかるだろう。それをギョームが待てるかだが。しかしセバスティアンとヴァレリーの話はちと厄介だな」

泰生もギョームと付き合いがあるゆえにセバスティアンには何度か会ったことがあるらしい。ギョームの後ろをついて回るような腰巾着《こしぎんちゃく》で、虎の威を借る狐《きつね》さながらギョームの功績や権力を自分のものと勘違いしているような発言を幾度か聞いたことがあるという。

「ギョームもよくあれを放ってるなって、おれも思っていた。しかしおれが見たところは小悪党って感じだったが、裏ではさらにあくどいことをやってたのか」

「やっぱりギョームへ言うようにロジェを説得した方がいいですよね？」

「それが一番だろ。だが、潤も色々と他人の問題を抱え込むなよ」

「抱え込んでいるつもりはないんですけど……」

「だが、そうやって潤自身も真剣に思い悩んでるじゃねぇか。本来ならギョームやロジェの悩みであって、潤がそんな顔をしなくてもいいのに。でも……まぁ、それが潤なんだろうな」

泰生は言いながらも仕方ないとばかりに苦笑していた。

そうやって納得されると複雑なのだけれどと思いながら、潤は揃えて伸ばした足先へぐっと前屈運動をする。手の先がぷるぷる震えるほど懸命に前屈するが、つま先に届かないのはどうしてだろう。膝の後ろが痛むのを必死で我慢したが、限界を感じて力を抜いてしまった。

「わっ……と」

しかし力を抜きすぎたのか、ころんとベッドへ転がってしまう。恥ずかしく思いながら何でもないふりをして起き上がった潤だが、しかし泰生は見ていたらしい。

「さっきから何やってんだ？」

呆れたように見上げてくる泰生と目が合って、潤は耳が熱くなった。

「最近ご飯が美味しくて食べすぎているから、ちょっと運動を……」

「食べすぎって、太ったのか？　どれ」

「っわ、ちょっ……泰生っ」

起き上がった泰生が、潤に抱きつくようにパジャマの裾をくぐって腹部に手を回してくる。さわさわと確認するように触られて、潤はくすぐったくて首を竦めてしまった。ひとしきり触った泰生は、しかし不満げに声を上げる。

「何だ、太ってねぇじゃねぇか。もっとこの――」

「にゃあっ」

「――腰骨が痛く感じないくらいには太って欲しいんだがな」

腰の辺りを楽しげに撫でる泰生から、潤は全力で逃げ出した。ベッドの端で枕を盾にするように抱えて、潤は泰生と向かい合う。ふぅふぅと威嚇《いかく》のように荒い息をついてしまう潤を、泰生はベッドに寝っ転がって揶揄うように見上げてきた。そんな泰生は少々腹立たしかったが、きちんと話しておかないとまた変な悪戯をされてしまうかもしれないと口を開いた。

「だって、マリオに――レモン畑を管理しているおじさんに言われたんです。ここのご飯をひと月も食べたら、おれみたいな立派な体になれるぞって。確かにここに来て、野菜も魚もパスタもチーズもドルチェも、何もかも美味しくてよく食べてるなって自分でも思ってて……」

マリオとは、以前ビーチへ降りる際に挨拶を交わしたレモン畑を管理している男なのだが、おしゃべりで人懐っこいせいもあって、別荘ですごすうちに潤はすっかり仲良しになっていた。

今日も夕方ギョームたちと散歩しているときに会って少し話したのだが、彼は潤の貧弱な体格をとても心配してくれ、何かと言ってくるのだ。早口で話されるイタリア語は訛りもあるせいでひどく聞き取りづらいのだが、マリオは気にせず話しかけてくる。そんないつもの会話の中で、マリオは自分の体を叩いて「こんな体になるようにもっとたくさん食べなさい」と言ってきたのだが、体が大きくなるのは嬉しいがマリオのようにお腹が出るのは遠慮したいなと運動をしていたというわけだった。

「でも、おまえってもともと太らない体質だろ。それに一日に何度か散歩してるし、運動してんなら太ったりはしないんじゃねぇ？」

「そういえばそうですけど。じゃ、大丈夫かな」

バカンス中、朝の早い時間と夕方に潤は散歩をするようにしている。

行き先はさまざまだ。海風が気持ちいいプライベートビーチやマリーナ、甘い花の香りに心癒やされるレモン畑や敷地内にある教会のステンドグラスを眺めるのもいい。

そんな別荘のとっておきの場所を見つけるのが楽しくて、朝夕の散歩は知らず知らず長くなってしまう。特に泰生が別荘を留守にしていた間はそうやってひとりの楽しみを見つけていた。

それ以外の時間は、ほとんど勉強に費やしているけれど。

「そういえば、泰生。演出の件は、どうするんですか？　コンテッサに何か頼むって言ってましたけど、大丈夫でしょうか？」

演出を依頼されたパーティーまでは二週間ちょっと。そろそろ結論を出さないといけないのではないかと思うのだが。

「なぁ、どうするべきか」

泰生が曖昧に返事をしながら、潤に向かって来い来いと指を動かす。それに誘われて、潤はベッドの上をいざるように泰生が寝転ぶ枕元へと移動した。そんな潤の膝の上に、泰生は頭を乗せて膝枕をねだった。泰生の頭の重みが愛おしくて顔がほころぶ。

「ギョームとケンカしている真相は知れたが、何だかそれだけじゃねぇ感じだよな。コンテッサにも話を聞きてぇが、この前の様子からすんなり口を割ってくれそうにないし。でも潤のお陰でケンカの原因はわかったから、それで揺さぶりをかけてみるか。あー、でもその方法じゃコンテッサは逆に頑固に口を噤《つぐ》む質だろうな」

思い悩んでいるような泰生の頭を、潤はそっと撫でていく。なめらかな髪の毛を耳へかけるように梳《す》いたり指先に絡めたりすると、泰生が気持ちよさそうにわずかに目を細めた。

「そういえば、泰生とコンテッサが出会うきっかけを作ったのはペペギョームだそうですね。泰生とコンテッサがこんなに仲良くなるとは思ってもなかったっておっしゃっていました」

「あぁ、おれも最初はイタリア貴族なんか紹介されても、なんて思ったな。でも会ってみると色々と面白ぇバーサンでさ、悪くないって思った。初めに度胆《どぎも》を抜かれたんだ」

泰生が話してくれたのは、まだ出会ってすぐのときのエピソードだった。ミラノのファッションウィーク中に、泰生が当時注目していた若手ブランドがインスタレーション形式で展示発表することを聞いた。が、その開催場所が立地的によくなかったというのだ。

「それが惜しくて、おれだったらって世間話的にコンテッサに話して聞かせたんだよ。そしたら面白がったコンテッサが会場の変更をあっという間に手配しちまったんだ。普段は滅多に貸し出ししないプライベートな美術館だったから注目度も抜群でさ、もちろん結果は大成功。今

じゃそのブランドは新進気鋭だって、毎回業界を賑わすようになってんだ」

「へぇっ、すごいですね」

「あぁ。当時はファッション業界から爪弾《つまはじ》きにされていたような若造の言葉を面白がって、ブランドにコンタクト取ったり協力を惜しまなかったりしたコンテッサの決断力と行動力がすげぇよな。若手をバックアップする事業を行ってるせいもあるけど、自分でも日頃からあちこちに出かけたりしてアンテナを張ってるみたいだし、ちょっと尊敬する」

潤としては、そのように成功するようなブランドを見つけ出す泰生もさすがだなと思った。また人嫌いの気《け》がある泰生がすごいと尊敬するコンテッサに、潤は俄然《がぜん》興味がわく。

「そんなすばらしい女性なんですね。機会があったら一度会ってみたいなぁ」

「くくく。そうだな。潤と会ったら、あのおしゃべりなコンテッサのことだ。一日中しゃべり倒すんじゃねぇか。きっと潤は大変な目に遭う……——そうか、それだ」

「え、どれですか？」

勢いよく起き上がった泰生が、きょとんとする潤を見つめてくる。そうしてにやりと笑った泰生は、唐突に潤の唇にまるでご褒美《ほうび》だというように音を立ててキスをした。

「潤、コンテッサに会わせてやる。明日からしばらくミラノへ行くぞ」

そう言って、泰生はベッドから降りて歩いて行く。隣室から聞こえてくるのは電話で誰かと話す泰生の声。イタリア語で話す相手は、もしかしてコンテッサ・サヴォイアだろうか。

電話を切った泰生は、上機嫌で戻ってきた。

「あの、ミラノっておれも行くんですか？」

「もちろんだ。ちょうど明日からフィレンツェやミラノで仕事が入っててさ、潤も一緒に来い。せっかくバカンスに来てるってのにこれで離れ離れにならなくて済むだろ。ついでに潤をコンテッサに紹介出来るしな。コンテッサからも一度会ってみたいって話をされてたんだ」

ベッドに腰かけた泰生は「潤も会ってみたかったんだろ？」と笑いかけてきた。潤は頷き、ミラノへ行くのなら準備が必要だなと立ち上がりかける。しかし、泰生が選択したのはまったく別のことだった。

「明日からミラノってことは、潤の時間がコンテッサに取られちまうのは確定だし、今日のうちに潤を堪能しておくか。潤のダイエットにおれも協力してやるよ」

「い、いいです！　大丈夫ですからっ」

潤は逃げにかかるが、その前に泰生に摑まってしまう。それでもジタバタと逃げだそうとする潤を、後ろから腹部に回した泰生の手が離さなかった。

「遠慮すんなって……んー、風呂上がりって潤の匂いがしないのが残念だよな。今度、潤のパヒュームでバスラインを作ってもらえよ。あの香り、おれすげぇ好き」

後ろから首筋に唇を押し当てられて、潤はびくりと体を竦ませる。潤の細い首に噛みつくように大きく口を開けて吸いつかれたり舌先で舐められたり、弱い首筋を攻められると全身の肌という肌があわ立ってしまう。

「明日にでもギョームに頼もうぜ」

淡い官能の予感にふるっと顎を震わせて、潤はうなじを竦める。反らした潤の白い喉に、後ろから抱きしめる泰生が今度は噛みついてきた。

「ぁ……そんな、ただでさえ好意で作ってもらってる香水なのに……っん、ぁうんっ」

「でも、今度その廉価版が商業ラインに乗るんだろ？　潤のパヒュームそのまんまじゃ原価が高すぎて作ることさえ難しいけど、ブランド内では絶賛されてるって聞くからな。だからそっちの廉価版の方でもいいから、バスラインをさ」

「あ、ぁ、あっ」

カプカプと潤の耳朶《じだ》に歯を立ててくる泰生に潤は泣きそうになって唇を震わせる。

潤が使っている香水は、昨年パリから帰る際にギョームからプレゼントされたものだった。ギョームが懇意にしている自社ブランド『ドゥグレ』内の調香師・エメの作品で、彼はフランスでトップクラスの調香師だけに贈られるという『ネ』の称号を持つ天才だ。ただ天才ゆえにかなり気まぐれで、人に惚れ込まないといい香水が作れないというエキセントリックな面があるという。泰生の香水を作ったのも実はエメだった。

そんなエメが挨拶を交わしただけの潤を気に入って作り上げたというパヒュームは、最初は草原にいるような爽やかな香りから露を含んだ夜を思わせる大人の香りへと変化するもので、珍しく泰生が好んで潤につけさせている。潤も大好きな香りだが、その訳は泰生の香水と混ざるとさらに香りが膨らんでいい匂いになるからだ。

ただカプリ島に来てからは、海や庭のプールで遊んで体を濡らすことも多くてつけ損ねたり、暑い気候ゆえに香りは遠慮した方がいいのかなとつけなかったりするせいで、泰生の不満の声を聞くようになっていた。

「そうだ。明日ミラノへ行くんなら、つけても平気じゃん。よっしゃ。持ってきてやる」

耳の中へ舌を入れていた泰生が思いついたように腰を上げた。戻ってくるまでベッドに倒れ込んで身動きも出来なかった潤の耳の裏に、ほんの少しのパヒュームをつけられる。

とたんに、草原に立っているような爽やかな風の香りが辺りに広がった。

「香りが変わるまでじっくり可愛がってやるな？」

枕元にガラスの香水瓶を置くと、泰生がまた潤の後ろに陣取って抱きかかえてくる。

「っ…は……」

なめらかなパジャマ越しに潤の体を触り、猫の子のように顎の下をくすぐったかと思うと、薄い肩のラインをなぞられた。香水をつけた耳の辺りに何度もキスをされるのも潤の肌を騒《ざわ》めかせる原因だ。肌を唇でついばまれると、指の先まで鳥肌が走る。

「泰っ生……そんなに、この香りって好きですか？」

「潤の肌の上で香る匂いが、だな。パヒューム単体だとそうでもねぇ」

「んぁうっ、泰生っ」

布越しにぷつりと尖った乳首を見つけられて、両方の指で玩《もてあそ》ばれた。指先で弾かれると高い悲鳴がこぼれ落ちていく。

「そう考えると、おれって相当潤が好きってことだよなぁ。やっぱ明日からミラノへ連れていくのは正解だろ。ここ最近なんか眠りが浅いって思ったら、潤がいなかったからか」

「そ……なんですか？」

「ま、夜遅くまでパーティーが続いたってのもあったけど。でも家やホテルに帰って潤がいるのといないとでは、やっぱ違うだろ」

さっきから泰生は潤を嬉しがらせる言葉ばかりを口にする。

また、潤の胸を弄るのもやめてくれなかった。柔らかいパジャマ越しに触るのを楽しんでいるみたいで、尖りの周りをくるくると爪で円を描かれると焦れったさで吐息がもれる。

「っは、ん、あ、あっ、ぁうぅ……」

とんとんと指先でリズムを取る動きも泰生が好んでする愛撫だ。乳首が敏感な潤を苛《いじ》めているのか、それともどんどん硬くなっていく乳首の感触を楽しんでいるのか。泰生の指が胸の先で躍るたびに、潤の体は楽器になったみたいに淫らに跳ねて、口からは高い声が出た。

「やーらしい声。あのシークレットビーチでラブいことをやっても波の音が消してくれるから聞こえないだろうけど、ここは静かすぎるから、潤の声は別荘中に響き渡ってるかもな？」

そんな潤に、泰生は耳元で恐ろしいことを囁いてくる。ぎょっと振り向くと、泰生がにやりと笑ってみせた。潤はふるふると首を振る。

「そん…なことない」

「何でそう言えるんだ？　誰かに聞いて確認したのか？」

泰生の黒い瞳が、あり得ないのに闇の化身のようにますます深い黒へと色変わりしていくように見えて、潤の体は知らず震えた。

「あんっ……」

その瞬間を見計らったように、泰生の指が潤の乳首を弾いた。大きく響いた声に、潤は慌てて唇を嚙みしめる。

「ゃ……ん、んぅっ」

「いいぜ。んじゃ、どこまでその頑張りが続くか試してやるよ」

「くぅ…んん――っ…」

泰生が楽しそうに首の後ろに齧りつき、指先が潤の乳首をひねり潰した。ひときわ高い悲鳴がもれかけるが、それは何とか阻止することに成功する。が、それが泰生の苛虐心に火をつけたのかもしれない。

大きな体で潤を包むように後ろから抱きしめると、乳首に中指を当ててこね始める。

「つぅ……ん、ふっ…くっ、ん」

「体びくびくさせて、すげぇ気持ちいいんだろ。体をくっつけてると、こっちまで煽られる」

泰生が薄く笑いながら潤の耳の先に嚙みついてきた。

胸の先から注がれる泰生のとっておきの媚薬は、潤が体を震わせるたびに全身へと巡っていくようだ。そのせいで、体のあちこちがおかしくなる。指の先はじんと痺れ、足は勝手にひくついた。腰の奥で滾《たぎ》る快感は潤の意識さえ蝕《むしば》むようだった。

「ぁ…う――っ……くっ」

危うくもれ出そうになる声に潤はキリキリと唇に歯を立てる。

胸に触れられているだけでこんなになるなんて、おれって本当に快感に弱い……。

気持ちがよすぎて頭がくらくらする。このまま何も考えることなく泰生にすべて委ねてしまいたかった。どうして今自分は泰生と我を張り合っているのだろう。次第に朦朧《もうろう》としてきた潤はそんなことさえ考えるようになっていた。

「はぁ……は…ぅっ、くぅんっ」

「あー、すげぇ。もうパジャマも濡らしてんのか」

泰生の言葉に下を向くと、股間の膨らみの先端部分でパジャマがじんわり色を変えていた。

潤の欲望はすっかり育ちきり、パジャマの下でとろとろと雫をこぼしていたらしい。

「いやだっ、ぁ、あっ……もう…や、ぃやっ」

その卑猥《ひわい》な光景に、潤はたまらなくなった。

迫り来る圧倒的な愉悦と苦しさと恥ずかしさに、潤は泣き出してしまう。自らを抱きしめる泰生の腕に縋って、首を振って嗚咽《おえつ》をもらした。

「もう嫌だ。声は、嫌。泰生、苦しい……っ」

「あーはいはい、よく我慢したな。潤にしては頑張った方だろ、きつかったな？」

「ん……」

「可愛いからもう泣くな、苛めたくなって困る。だからほら、もう素直に声を出しな。あんあんってさ、誰に聞こえたって構わねぇって」

「ん……、ぁうっ」

「もっといい声が出るだろ？　いつものやーらしい声。おれの大好きな声を聞かせろよ」

泰生の手が潤の下肢へと降りる。

「ゃうっ、やんっ……っ、ぁ、あっ」

パジャマの上から揉みしだかれて、潤の口からは今まで我慢していた反動のように甘ったるい声がこぼれ落ちていた。

「あぁ……その声だ」

欲情が溶けたような声で囁き、泰生が自らの腰を押しつけてくる。熱くて硬い塊を臀部《でんぶ》に感じて、潤の背筋をぞくぞくとしたものが駆け上がっていった。

「んぅぅっ」

「苛めた詫びに先に一度いかせてやるよ」

泰生はそう言うと、ぬるぬると下着ごと欲望を上下に擦り始める。

「んーんっ、あ、あっ、あぁっ」

泰生の片手は変わらず潤の胸の先を嬲っており、ときにパジャマ越しに爪の先でかりかりと引っかいた。その刺激は腰の奥に響き、潤を一層淫らにする。発情したような熱い体ですっぽりと抱かれてぬめる股間を揉みしだかれると、すぎる快感に腰から足の先まで甘く痺れていった。泰生が自らの硬い欲望をぐいぐいと押しつけてくるのも潤の官能を煽る。

潤の首筋に当たる泰生の吐息も熱かった。

「ぁう……ぁっ、もっ……も…ぃっ」

「いいよ、いけ――」

乳首をぐいっとひねられて、潤は切なげに体をしならせた。キスマークをつけるように首筋をきつく吸われて、じんっと強烈な刺激が腰に落ちてくる。

「っ…く、ぅんん――…っ」

体を強く抱きしめられた瞬間、下着の中に爆《は》ぜた熱を吐き出していた。

「っは……は……っ」

息が上がった潤を泰生は仰向けに寝かせると、どろどろになった下着ごとパジャマのズボンを脱がしてくれた。しかし、そのまま大きく膝を開かれてしまう。

「あーあ、こんなところまでどろどろにしやがって。お漏らししたみたいだぜ？」

「ご…めん、なさ……いっ」

「すげぇ柔らかくなってるな。このまま入るんじゃねぇ？　あぁ、ほら」

「ぁああぁっ、ぁ、はっ……」

泰生が喉で笑いながら、潤の秘所へ指を含ませてくる。くぷんと音を立てるくらいすんなりと入ってきた指の感触に、潤の意識は甘く蕩《とろ》けた。

自分がどれほど淫らな悲鳴を口にしたのか、まったく気付かなかった。

「気持ちよさそうだな。すげぇ、奥までとろとろじゃねぇか」

嬉しそうな声を上げて、泰生が奥まで指を飲み込ませてくる。そのまま大きくかき回されて、潤は顎を仰《の》け反《ぞ》らせて悶えた。

「ん――――っ、ぁ、あ……ふ、ぁうっ」

体中の快感が腰の奥へと一気に集まってきたみたいだった。圧倒的な愉悦に、腰が溶けてなくなってしまいそうな恐怖さえ感じてしまう。

しかも一度も触られていないのに、潤の欲望はまた熱くなっているのも恥ずかしい。

増やした指で入り口辺りをクルクルなぞるように遊ばれると奥の粘膜がもの欲しげにひくつくけれど、奥まで指を入れられてもさらに届かない深部がじんと切なくなった。

「ぁ、あ……どうして、もっと……」

「もっと何だよ？」

あえかな声でもらした呟きを泰生は聞き取ってしまったようだ。

とろとろと涙をこぼし始めた屹立を人質とばかりに泰生は手で包んで、潤を見上げてくる。

「っひ、ぁ……あ、やぁっ」

潤が口ごもると、泰生は屹立をゆっくり擦り始めた。同時に、中に入れた指も肉壁を探るように弄られる。

「ほら、もっとどうしたいんだ？」

「くぅ……ん、ぁ、もっ…と、もっと奥まで欲し…いっ」

潤がたまらず本音を口にすると、泰生は喉で笑う。余裕のありそうな表情だが、声の響きにははっきりとした欲望が混じっていて、それが潤を安心させた。

「奥までねぇ？　はっきり言えよ、潤。何が欲しいんだ？」

「泰っ生、泰生が足り…ないっ」

潤が涙声で訴えると、泰生は潤の秘所からゆっくり指を引き抜いた。

「いいぜ。可愛いことを言った潤にご褒美だ。たっぷり味わわせてやる」

もの足りないと思ったのも少しだけ。欲しがる秘所に押し当てられた熱の存在に、潤は身を震わせた。甘く痺れている後孔に、泰生の熱塊が押し入ってくる。

「あ、あ、あ」

覚えがある大きさより熱さより、さらに一段上の気がした。そのせいで、埋め込まれる衝撃に潤はしばし息を止めてしまう。

「潤、力を抜けよ。奥まで欲しいんだろ？　入らないぜ」

膝裏を摑んで真上から怒張を埋め込んでいた泰生がそれを知らせてくれ、潤は慌てて息を吐き出した。緩んだ隙間をさらにこじ開けるように泰生の欲望が進んでくる。

「っ……ん、っん、あぅ」

先ほどひくついた肉壁も通りすぎて指では届かなかった深部まで達したとき、潤は体を震わせて歓喜した。甘い蹂躙《じゅうりん》に、唇が切なく戦慄く。

「……っは」

しばらく泰生は潤の様子を見て動かないでいてくれたけれど、自分の奥深くで脈を打つ存在に、次第に足先から痺れるような熱が駆け上がってくる気がした。

潤が小さく腰を震わせると、泰生が淫猥に微笑んだ。

「待たせたみたいだな？」

揶揄うように言われて、泰生がゆっくり動き始める。

「ぁあっ、あっ……ぁうんっ」

滾った欲望を引きずり出されて、さらに奥へと突き刺された。抜き差しされるごとに泰生の欲望は大きく育っていくようで、強引なまでに快感が引き出されていく。

潤はたまらず縋るものを探して頭上へと手を伸ばすけれど、そこには何もなくてシーツを摑むことしか出来なかった。

潤の膝を抱えるような格好のせいで、泰生の顔はいつもよりよく見える。

がくがくと体ごと揺すぶられながらも潤が震える瞼を開けると、淫靡な色をたたえた泰生の顔があった。黒々とした瞳は熱っぽく潤を見下ろしている。視線が合うとわずかに目を細める酷薄ともワイルドともつかぬ表情が、潤をぞくぞくさせた。

「っ……ぅ、いきなり締めんなっ」

泰生に叱られて鋭く奥を抉られ、潤はたまらず腰をしならせて快感をやりすごす。そんなしぐさにさえ泰生は舌打ちしてさらにピッチを上げていく。

「ひ……っ、ゃ、ゃあ……っ」

容赦なく抉ってくる太い屹立に、肉壁は熱く湿り、蠕動《ぜんどう》を始めるような錯覚を感じた。泰生の熱に絡みつき、もっと深く飲み込もうと動いている気がした。

そんな自分の淫らさに、潤は恥ずかしくて興奮した。

泰生が欲しい。

もっとたくさん、もっと深いところまで、もっと、もっと……。

「っく……ぅ。何だよ、おまえん中っ」

「あーあー、んぅ……っ」

情欲の色を濃くした声で舌打ちし、泰生が潤に乗り上げるように腰を打ち付けてくる。あっという間に頂点まで達しそうになった潤の快感を泰生はさらに煽るように、猛《たけ》った楔《くさび》でかき混ぜてきた。硬い切っ先で柔らかい粘膜を穿《うが》たれる衝撃に、潤は何度も体を仰け反らせる。

「た…泰せ…泰生…っ、んんっ、ゃ、ぃやっ」

痺れるほどの愉悦に体が無意識に逃げを打つのを、泰生が強い力で押しとどめて真上から杭を打つ。それが怖いくらい気持ちよくて、苦しくて、頑是《がんぜ》ない子供のように泣きじゃくるのに、泰生の律動は激しくなるばかりだった。

「おまえの香りが変わった。は――…っ、ゾクゾクする」

泰生の声にはっと顔を上げたとき、泰生の張った先端が潤の内部にめり込んだ。

「あ…ぅ――――…っ」

「っ……」

恋人の逞しい腹部に精を飛ばした瞬間、ふわりと泰生のトワレが鼻先に香った。


カプリ島からミラノへ行くことは、イタリア半島を南から北へ縦断することになる。気候ももちろん大きく違っていて、島を出るときはあれほど日差しも強くて暑かったのに、ミラノの街に降り立つと不思議なほど涼しくて驚いたほどだ。

「こんにちは。お会い出来て光栄です。橋本潤《はしもとじゅん》と申します」

念願叶って会ったコンテッサ・サヴォイアは、華やかで精力的な女性だった。

外国映画の女優のように赤毛の髪をふんわりとセットして、胸元が広く開いた真っ赤なドレススーツに身を包んでいた。家の中だが十センチ近いヒールを履いているせいか潤より身長が高く、全身からあふれる自信に満ちた雰囲気も相まって少し威圧感を覚える。

ギョームより幾つか年上だと聞いているが、初対面の潤へ対する興味津々といった表情や雰囲気はティーンエイジャーと同じくらい若々しいものだった。

「まぁ、あなたが噂に聞いていたジュンね」

緑色の大きい目をぎょろりと動かして、コンテッサが握手を求めてくる。

「タイセイがいつも自慢するからずっと会いたかったのよ。しばらくミラノに滞在するのでしょう？　ちょうど今は私も時間があるのよ、存分にお相手出来るわ。どこか行きたいところはあるかしら？　ミラノは初めて同然だって聞いたから、色々案内したいと思っているの。いいところがいっぱいあるのよ。さっそくだけれど――」

「ちょっと待てよ、コンテッサ。こいつはまだイタリア語が流暢《りゅうちょう》ってわけじゃねぇし、そんな一度にしゃべられても追いつけないって。ったく、挨拶からこれだぜ」

「あら……」

握手を交わしながら、コンテッサが流れるように話しかけてくる。潤が戸惑っていると、泰《たい》生《せい》が間に入ってきてくれた。目を見張ったコンテッサは、仕方ないわねと肩を竦める。

「でも、日本人なのにイタリア語を勉強してくれるなんて嬉しいわ。きれいな発音だったし、これからいっぱいおしゃべりをしたら、すぐに上手になるわよ。協力は惜しまないわ」

「協力は惜しまないって、自分がおしゃべりしたいからだろ。コンテッサは相変わらずだな」

二人の間で交わされるイタリア語に、潤はしばし恐慌状態に陥りそうになる。

これまでイタリアにいたとはいえ一緒にいたのはフランス人のギョームたちで、今朝まで話していたのはフランス語。頭のスイッチがまだ切り替わっていない気がした。

しかもイタリア語は勉強途中だから、歌うように早口でしゃべられると単語をしっかり聞き取れない。泰生がどうしてあんな流暢にしゃべれるのか、不思議でならなかった。

「タイセイ。仕事があるって言うけれど、少しはのんびり出来るのでしょう？　今夜はディナーに付き合いなさいね。ジュンのために、とびっきりの料理とワインを準備しているのよ」

コンテッサがパチンと潤にウィンクをする。そんな様子がドキリとするほどセクシーで決まっていた。イタリア人女性はセクシーさが美人の基準だなんて話もあるようだが、その色気に年齢は関係ないのだなとコンテッサを見て感じた。

何にしても、圧倒されるくらい個性的な女性だ。

どうしよう。泰生のいない間、コンテッサと普通におしゃべり出来るかな……。

潤が苦手としている実の祖母を彷彿《ほうふつ》とさせる強気な面があるらしいコンテッサに、少し気後れするような気持ちが生まれていた。年齢的にも同じくらいであるのがさらにそんな意識を助長させる。けれど、潤はすぐに思い直して首を振った。コンテッサを尊敬すると言った泰生の言葉を思い出したからだ。

それにおれが仲良くなりたいと思っていないと、そうなれないよね……。

自分も泰生と同じくらい親しげに話してもらえるように、下手なイタリア語でも臆せず話しかけてみようと潤は心に誓った。

色々と不安を感じていたミラノでの滞在だが、思った以上にスムーズに進んでいる。

泰生も仕事はあっても夜には帰ってくるし、コンテッサも思った以上に話しやすかった。

気さくな人柄で世話好きなコンテッサは、つたないイタリア語で必死に話す潤を逆に気に入ってくれたようで、何かと気を遣ってくれるのだ。強引だったりずけずけとしたきつい面もあるけれど、大人しい潤にはちょうどいいのかもしれない。

最初はどうなるかと思った早口のイタリア語も落ち着いてみれば聞き取れる単語も多いし、

日を追うごとにコンテッサが何を言っているのかわかるようになっていた。屋敷でコンテッサがいる前では泰生ともイタリア語で話すようにしたせいもあるのだろう。混乱することもままあるけれど、今のところ何とかコンテッサとも会話が出来ている。

それというのも——。

「それでね、ジュン。私は言ったのよ、スプマンテにはクロスティーニよねって。あら、スプマンテを飲んだことがない？　だったら、今日のディナーで出しましょう。いわゆる発泡ワインのことよ。有名な銘柄も多いけれど、私が今お気に入りなのはピエモンテ州のものよ。家族経営のワイナリーだから、私がすべてを買い取ってもほんの少量しかないのだけれど、とっても美味しいのよ。ピエモンテ州、ジュンは知っているかしら？　ブドウ畑が広がる景観が世界遺産にもなって——」

コンテッサ・サヴォイアが今日も大きな声で歌うように話をする。

潤が問題なくコンテッサの相手が出来るのは、彼女がおしゃべりだからというのが一番の理由かもしれない。陽気な性格のコンテッサは潤にも多少話題は振るが、ほとんどが自分の話をするのだ。潤の反応が多少まずくても気にしないでくれるのもいい。

話す内容は多岐に渡る。美食に関する話題はもとより世界の時事問題、お気に入りのファッションブランドの新作や果てはコンテッサの友人事情にいたるまで。コンテッサの友人に関しては、潤は二日目でもう遠い親戚筋まで把握してしまったくらいだ。

泰生が言うには、コンテッサはおしゃべりが大好きで一日中でもしゃべっていたいが、オープンに見えて実はきつい性格がかなり人を選ぶらしく、気に入った相手は意外に少ないという。しかも潤のように人の話をきちんと聞くような相手はさらに少なくて、おしゃべり好きで会話を奪い合うような友人たちが多いゆえに、潤は貴重な存在だと嬉しくてたまらないようだ。

潤としても光栄な話だった。大学の友人たちが彼女のおしゃべりが苦痛だなんて言っているのを聞いたことがあるが、潤は意外にも楽しく聞いていた。確かに話の内容はとりとめもなくて色んな方向によく脱線するが、コンテッサが怒ったり笑ったりと感情豊かに話すのを聞いているとちょっとした漫談のようだし、知らないことを聞くのはどんなものでも楽しい。

しかし泰生は、潤がそうして興味深げに話を聞くせいでコンテッサのおしゃべりがここ二、三日でさらにヒートアップしてしまったとげんなりしていた。

最初に心配していた祖母と似ていて気後れするかと思った件も、コンテッサとしばらく話をするとすぐに気にならなくなった。祖母とは似ても似つかぬ陽気さが伝わってきたせいだ。おしゃべりの中ではよく怒ったり嘆いたりするけれど根っこの部分は朗らかで闊達《かったつ》な質《たち》らしい。

「まぁ、イタリアへ来てまだオペラを見てないですって!?」

往年の美しさを感じさせるスレンダーなコンテッサは今日も豊かな髪をセットして、在宅中だというのにボタニカル柄の真っ白いドレスにハイヒールを履いておしゃべりに興じていた。その装いは、これからパーティーにでも出席しそうな華やかさだ。

初対面のときから潤は驚いたが、イタリア貴族の生活は日常もこんな風に華麗に装い、少しも気を抜かないものらしい。今日は一緒に外出してコンテッサのショッピングに付き合ったのだが、彼女は家に帰ってからまた今の新しいドレスに着替えたくらいその習慣を徹底している。

そんなコンテッサだから――泰生は気にするなと言うけれど――潤も屋敷内では長袖のシャツにトラウザーズというきちんとした格好で対応している。しかしそんな潤の装いもおしゃれなイタリア男性を見慣れたコンテッサには不満のようで、抜け感が足りないだのもっとセクシーな装いをしなさいだのと毎度のように突っ込みを入れられていた。おとといはブティックのスタッフを呼んであれこれ服を着せ替えさせられたが、しかしその後から不思議と何も言われなくなったのは、どうやらセクシーな格好とやらがとてつもなく似合わなかったかららしい。

潤としてはそれも何となく複雑なのだけれど。

「ジュン、あなたはイタリアで何をしていたの！　これは大変だわ、ゆゆしき問題よ。イタリアは歌の国よ？　オペラをこの世に生み出したのはイタリアなのだから――」

腕を大きく広げて嘆く様子を見せるコンテッサに、潤は猛烈に謝りたくなった。

あぁ、今夜はもしかしてスカラ座でオペラ鑑賞かもしれない……。

とにかくフットワークの軽いコンテッサは思いつくとすぐに行動する。しかもイタリアは宵っぱりの気《け》があるため、年齢的には早寝してもおかしくないコンテッサなのに夜遅くまで平気で潤を連れて遊び回るのだ。しかもその翌朝も早くから元気でおしゃべりに興じるのだから、イタリア人がパワフルなのかコンテッサが特別なのか。

ミラノへ来たことで仕事に飛び回る泰生とも毎日会えるのだが、そんなコンテッサとの付き合いのために彼と接する時間は格段に減っており、泰生もコンテッサには文句を言っているようだ。コンテッサはもちろん聞く耳を持たないが。

こんな遊んでばっかりで、おれいいのかな……。

今回泰生が潤を連れてコンテッサ宅へ滞在することになったのは、潤を彼女に紹介する他に、今度開催されるパーティーのためにコンテッサの協力を得たいがためという理由もあるはずだ。

その障害となっているらしいのがギョームとコンテッサの不和。

しかしそのために泰生が何かしているわけでもなさそうで、潤としては気にかかっていた。一度泰生に自分に何か出来ることはないかと訊ねたこともあるが、どうしてもダメだったときの保険は別にちゃんと用意しているから、潤はコンテッサと好きにおしゃべりしてミラノでのバカンスを楽しめばいいと言われてしまった。

潤は心配だったが、泰生の表情を見るとどこにも焦った様子もなくて、問題はそのままになっている。

またギョームたち同性愛者をきつく批難したというコンテッサだから、潤と泰生が男同士で付き合っていることにも何か言われるかと少し恐れていたが、以前泰生が大丈夫と言っていたように何も言われていない。いや、逆に泰生との仲のよさを冷やかされる場面があった。

けれど、だったらなぜギョームとロジェの付き合いには口を挟んだのか。

潤は不思議でならなかったが、デリケートな問題だと思われるだけに安易に訊ねることは躊躇《ためら》われてつい後回しにしてしまっていた、が――。

「ちょっと待って。あなた、これまでギョームの別荘にいたの？　しかもペペギョームなんて呼び方、もしかしてジュンはギョームとそんなに親しいのかしら？」

話の流れで、イタリアへ来たのはギョームからバカンスへ誘われたためだと潤が話したら、顔色を変えてコンテッサが話を遮った。どうも泰生は何も話していなかったらしい。潤としても自分のことを話すより、コンテッサの話を聞く方が多くてこれまで言いそびれていた。

「すみません、言ってなかったですね。今回のミラノ行きは泰生の仕事におれがついて来た形で、それまではずっと南イタリアのカプリ島に滞在していたんです。ペペギョームとは、昨年の夏にパリで会って友人となりました。確か、コンテッサ・サヴォイアもペペギョームとは親しくされているんですよね？」

今はケンカしているのかもしれないが、もともとはとても親しい間柄なのを聞いている。そう思って訊ねると、コンテッサはさっと形相を変えた。

「まぁ、何を言っているの⁉　私はギョームとなんか親しくありませんよ。あんな恋に浮かれきったフランス人のことなど！　彼はね、軽薄で不誠実この上ないのよ。ギョームったら、恋人との約束を優先して、私を蔑《ないがし》ろにしたんですからね」

「蔑ろに？」

「そうよ！　聞いてちょうだい、ジュン。あれは四月のことよ。私とギョームが応援している音楽家がめでたくコンサートデビューすることになったの。だからさらなる支援者を募るためにミラノでパーティーを開くことにしたんだけれど――」

共同で行っている若手音楽家への後援事業の一環で予定していた大事なパーティーを、ギョームがすっぽかす大失態を演じたらしい。ギョームからはすぐに謝罪は受けたけれど、よくよく聞いてみると恋人との約束を優先して、パーティーのことはすっかり忘れていたのだという。

それがコンテッサの怒りを買った。

「いいこと？　ギョームと私は、遡《さかのぼ》れば互いが十歳にも満たない頃からの顔見知りなの。パリで注目の美少年だともてはやされていたギョームが、生意気にも私に声をかけてきて、すげなくあしらってやったのが出会いだったわ。ギョームはそれに懲《こ》りたのか、以降はつかず離れずの付き合いだったけれど、それでも三十年前からは同じパトロン仲間としてずいぶん親しくしてきたつもりよ。彼と一緒にもう何十人もの芸術家や音楽家、クリエイターたちを世に送り出してきた。そんな三十年来の――いえ、付き合いの長さで言えばもっと長い親友で同志の私より、付き合って一年にも満たない恋人の男のことでギョームは頭がいっぱいだったの！　信じられる？　私たちの友情はそんな薄っぺらいものだったのよ⁉」

目を尖《とが》らせて眉をつり上げ、コンテッサが早口でまくし立てる。

「謝罪されたからって、私の腹立ちは収まらなかったわ。それでも、一度は許してやろうと思ったの。誰にだって間違いはあるでしょう？　それなのに、ギョームったら今年のバカンスは恋人とすごすために時期をずらすなんて言いだしたのよ！」

コンテッサとギョームは毎年八月のバカンスの間、イタリアのコモ湖にあるそれぞれの別荘ですごすのがここ何十年かの習慣らしい。別荘を行き来してパーティーに参加したりおしゃべりをしたりするなかで、仕事やパトロン事業などの大事な話もじっくり交わすのだという。

しかし今年は、バカンスを八月の終わりから九月にかけて取ると言われた。その理由が、恋人の仕事の関係だと。

「しかもギョームはね、この歳になったら強い日差しは堪《こた》えるから南イタリアでのバカンスなど永遠に封印だなんて常々口にしていたの。南国のカプリ島は情熱的な若者のための場所だなんて言っていたくせに、今年あの男がバカンスの地をカプリ島に選んだ理由を何て言ったと思う？　熱い日差しが僕たちの愛をさらに燃え上がらせてくれるからですって。老いらくの恋のせいで、ギョームったらすっかり腑抜けになってしまったのよ。嘆かわしい！」

額に手を当てて首を左右に振るコンテッサに、潤は眉を下げた。

「さすがに気分が悪かったからそれとなく嫌みを言ってやったら、あの男は何を聞き間違ってか、そんなに気になるんならって私の前に恋人の男を連れてきたのよ。さすがに私もすっかり腹が立って、ギョームに絶交を言い渡したの。せいせいしたわ！」

「コンテッサ……」

ようやく二人が絶縁することになった真の原因がわかった。以前、コンテッサの人柄から同性愛を否定したのは、その前にギョームとコンテッサとの間で何かあったのではと泰生は推測していたが、その通りだったようだ。

コンテッサが腹を立てる理由もわからなくはない。けれど——。

一気にしゃべり終わってふんと鼻息をついたコンテッサが、少しすると落ち着いたのかふてくされたように表情を変えた。その顔がどこか寂しげであるのを見て、彼女も本当は今すぐにでもギョームと仲直りしたいのではと潤は気付く。

そう思うと、潤はたまらず口を開いていた。

「コンテッサ・サヴォイア、少しおれの話を聞いてもらえますか？　ペペギョームの恋人は、実はおれの友人なんです。歳は離れていますが、昨年パリへ行った際に仲良くなりました」

静かに話し出した潤に、コンテッサは絶交を言い渡した――ギョームとロジェの二人を同性愛者だと批難した――状況を潤も知っていることに敏感に気付いたらしい。どこか気まずげに瞼を伏せたコンテッサは、そのせいもあってか潤の話を遮ることなく聞いてくれた。

偶然が重なったことにより、ギョームとロジェが恋人になる次第を潤はほとんど知っている。四十年前に二人が出会って恋をして、悩んでケンカして別れる事情もその過程での二人の切ない気持ちも。昨年再会するまでの四十年の間のロジェの悲しみも憤りも苦しみも、ギョームの深い後悔も絶望も苦悩も。そして奇跡的に再会して愛を確かめ合った二人の喜びも。

もちろん、約束をすっぽかしたりコンテッサを軽く扱ったりしたのは、ギョームが悪い。コンテッサの『恋愛にかまけてギョームは腑抜けになった』などの発言も、実際泰生が似たようなことを冗談交じりで本人相手に口にしたこともある。

けれどそうしてギョームが浮かれてしまう事情も、コンテッサにはわかって欲しいと潤は思ったのだ。取り戻した恋に有頂天になってしまうギョームの気持ちも、ロジェの懸命な愛情も、親友であるコンテッサだからこそ知って欲しかった。

だから、潤はギョームとロジェのこれまでのことを話して聞かせた。二人のプライバシーの問題もあるため、あまり込み入った事情は話せなかったが、それでも四十年分の二人の物語を語るには長い時間が必要になった。潤のイタリア語がつたないせいもあったけれど。

コンテッサが先ほど三十年以来の親友で同志の自分を蔑ろにしたと言ったが、それでいえばギョームとロジェは四十年間ずっと思い合った恋人同士だ。それで少しは蔑ろにされたという意識も薄れてくれないか。そんな願いもあった。

話の途中から、コンテッサは顔色が変わっていた。

「コンテッサ、大丈夫ですか?」

つい話に熱が入ってしまった潤は、呆然としているコンテッサにようやく気付く。心配になって腰を浮かしかけたとき、コンテッサはうめくように呟いた。

「それじゃあ、ギョームが以前失ったと嘆いていた四十年前の恋人が、あの時に紹介されたシニョーレ・ベルナールだって言うの?」

こんなにも強くコンテッサが衝撃を受けているのは、彼女も若い頃のギョームの悲恋を知っていたからなのかもしれない。

ショックに見舞われているように、コンテッサの全身は小さく震えていた。顔色も悪い。それを見て、潤は急いで席を立つと、大きなソファーに座っているコンテッサの隣へと移動した。

「コンテッサ」

「あぁ、ジュン。私ったら……」

縋るように潤へと伸ばされた震える手をしっかりと握り、ぎゅっと力を込める。

コンテッサの後悔が強く伝わってきた。それに胸を痛めるも、潤は少し嬉しくもあった。ギヨームや泰生が友人だと尊敬するコンテッサの人柄を確かに感じられたからだ。

シワが目立つコンテッサの手だったが、潤の目には美しく年を経た魅力的な手に思えた。その手を包むように、潤はもう片方の手もそっと添える。

衝撃を受けているコンテッサに何か気の利いた言葉などとても言えないし、それがイタリア語だとさらに難易度が上がる。だから潤は何も言わずに、せめて元気を出して欲しいと願いながらコンテッサの手を両手でぎゅっと握っていることしか出来なかった。

どのくらいそうしていただろうか。いや、実際は短い時間だったのかもしれない。

潤の手の上に、コンテッサのもう片方の手が乗せられてぽんぽんと叩かれる。まるでありがとうと言われたみたいで潤が顔を上げると同時に、コンテッサの手がするりと抜け出していく。

「コンテッサ・サヴォイア……」

スッと背筋を伸ばしたコンテッサは、それまで見せていた動揺などどこにも感じさせない強い顔をしていた。これ以上の慰めも言葉も許さない強硬な顔だ。

「今日は疲れたから部屋でゆっくりしていることにするわ。悪いけど、今夜のスカラ座は取りやめね。夕食もタイセイと二人で取ってちょうだい」

コンテッサの貴族としての高い矜持《きょうじ》を見た気がして、遠ざかっていくドレスの背中を見送り、潤はそっとため息をついた。


部屋に閉じこもったコンテッサのことが、潤は心配で仕方なかった。その夜、コンテッサの言った通りに夕食を泰生と二人だけで取ることになったからなおさらだ。

「泰生——」

だから、部屋へと移動して食後のコーヒーを飲みながら、潤は昼間のコンテッサとのひと幕を相談せずにはいられなかった。自分がした行為はコンテッサを傷つけただけだったのかもしれないと、後々になって後悔がこみ上げてきたせいもある。

「おまえって、やっぱすげぇな」

潤の話を聞いて、しかし泰生はなぜか感嘆したようにそんなことを呟いた。

「すごいって何がですか？」

「あんな意固地になっていたコンテッサがギョームとのいざこざを素直に話したばかりか、ギヨームの恋愛話を黙って聞いたなんてさ。潤にしか出来ないことだぜ、本当すげぇよ」

「すごくなんかないです。そのせいで、コンテッサは傷ついたんですから」

潤がしゅんとすると、ソファーで隣に座る泰生が微苦笑して肩を抱いてくる。あやすように宥めるように、その大きな手で潤の肩を揺すった。

「それは仕方ねぇよ。自分がした行いは自分できちんと受け止めるべきだろ。コンテッサはそれが出来る強さがあるから大丈夫だ。強すぎるってぇ問題もあるけどな」

「それは……」

「それにさ、ギョームとの溝がまだ浅いうちに自分の失敗に気付けてよかったんじゃねぇ？コンテッサも俄然《がぜん》謝りやすくなったはずだ。だいたいこれまでのコンテッサの頑固さときたら、ギョームの比じゃなかったんだからさ」

話を聞いてみると、実は泰生もコンテッサとは何度か話し合おうとしたらしい。が、ギョームの名前を持ち出すことすら許さず、コンテッサは一切耳を貸さなかったようだ。

「要するに、拗《す》ねてたんだな。今日、おまえの話を聞いてわかった。長年親しくしていた友人が、自分より恋人を優先したんだ。面白くない気分になってもおかしくない」

泰生のセリフに、潤は大いに戸惑う。

コンテッサほどの大人になっても、拗ねてケンカするなんてあるのか。

「あるだろ、人間だからな。気に入らないと思うことぐらい何歳になってもさ」

泰生の話に潤は頷いた。

精神的に完成した大人だと思っていたコンテッサが、自分たちとそう変わらない稚気もあると思えば、潤は今回のことを大いに納得した。コンテッサが怒ってギョームのことをまくし立てたあと、どこかふてくされたような顔になったのを思い出す。

面白くなかったのだ。自分より恋人を優先するギョームが。

しかも分別のある大人であるからこそ、コンテッサはそんな身勝手な気持ちを本人に向かって口にすることは出来なかった。ゆえに、こんなにもこじれてしまったのだ。

「コンテッサは、自分がした行いが褒められるべきものではないことを理解してたはずだ。けどギョームもそれだけのことを自分にしたという彼女なりの言い分があったから、自分から頭を下げようなんて気はさらさらなかった。けど今日潤からギョームの事情を聞いたことで、自分がどれほど罪深い行いをしたのかわかってショックを受けたんだろう」

泰生は自業自得だなんて言うけれど、今頃部屋でひとりコンテッサがどんな気持ちでいるのかと思うと、潤はどうしても胸が痛くなった。つい、コンテッサの部屋がある方向へと視線を巡らす。そんな潤に、泰生は抱いた肩を慰めるように柔らかく叩いてくれた。

「コンテッサとぺぺギョームは、仲直り出来るでしょうか？」

二人とも少し頑なな面があるのが心配だ。どちらかでも譲歩することは出来るだろうか。

潤が心配することではないけれど、ギョームは大事な友人だしコンテッサもここ数日ですっかり大好きになっていたから、二人には以前の仲を取り戻して欲しかった。

「大丈夫。コンテッサは言うまでもなく、ギョームだってコンテッサと仲直りしたいと思ってるはずだ。お互いあの歳だからプライドも高いし、意固地になっているせいで今はこじれてるけどな。だいたいあの二人が普段どれだけ仲がいいと思う？　友人というより親友といった感じだからな。いや、悪友か。二人の話が弾んでいるのを見たら、何の悪巧《わるだく》みをしているのかって周りは密かに警戒するんだぜ。面白ぇよな」

「悪巧みって……」

「いや、だってさ、実際好き勝手に策略を巡らしてるんだ。自分たちがバックアップしている若手クリエイターたちを一流アーティストへ育て上げるために鬼のような教育システムを考えたり、世間をあっと驚かせるようなセンセーショナルなデビューにするためにとんでもない裏工作をしたりって。そんな話し合いは悪巧み以外の何ものでもないだろ？」

悪戯好きなギョームとそれを面白がるようなコンテッサの柔軟性。二人が一緒になって、これまでさまざまな若手クリエイターたちが苦難を強いられ、しかしその苦労を補って余りある経験と功績により、その後華々しく活躍していったのだという。

それは、パーティーの直前になって演出の依頼をされた今回の泰生にもちょっと通じる話だ。

「仲直りの件は大丈夫だ。後はおれに任せとけ」

頼もしい泰生の言葉に、潤は期待を込めて泰生を見上げる。

そうだった。こういう時、泰生に任せていれば必ず上手くいく。その泰生が自信満々に笑うのだから、仲直りさせる当ては既にあるのだろう。

「また——そんなキラキラした目で見やがって。だいたい、今回はマジ潤に助けられたんだからな。いや、今回もって言った方がいいな」

「泰生？」

「カプリ島で、黙《だんま》りを決め込んでいたギョームから話を聞きだしたのは潤だったろ？ そして今回も潤がやってくれた。コンテッサもさ、おれと潤がミラノへやってきたのはギョームとの件をどうにかするためだって見抜いていたはずだ。だからこそ、おまえとのおしゃべりも的を外すようなまったく関係のないことばかりだったろ。それでおまえの出方を見てたんだよ、コンテッサは。けど、潤はどんな話でも楽しそうに相づちを打って聞いていた。ギョームの話もまったく出さなかったんだろ？ コンテッサも何しに来たんだって、不思議に思ってただろうな。そのうちに潤相手のおしゃべりが楽しくなって、おまえ、あっちこっちに連れ回されていたよな。すっかり気に入られて、本当潤らしいぜ」

「気に入られたというか、すごくよくしてもらいました」

ミラノですごしたのは今日で四日。特に後半はミラノの高級ブティックやお薦めのレストランへ連れていかれて忙しかった。『私のボーイフレンドよ』と浮かれるようにショップの店員に紹介してもらったり、男なのだから女性をエスコートぐらいしなさいと叱られて腕を組んで歩いたりしたのだが、自分にもうひとり祖母がいたらこんな感じかなと潤もとても楽しかった。

「だろ？　おまえはさ、人の心にするっと入り込むんだよな。いつだって一生懸命に人の話を聞くし、相手を絶対拒絶しない。そういうのって心強いんだよ。不安がっているときはともに寄り添って、嬉しいときは一緒になって笑うだろ。しかも大人しいくせに、言うときはガツンと言う。その言葉が、また心を打ったり溶かしたりと絶妙なんだ。ま、天然とも言うがな」

泰生が揶揄《からか》うように潤を見る。

「そんな潤だから、コンテッサも心を開いたんだろ。おしゃべりなコンテッサだが、ギョームとのことはおれが聞いてもひと言ももらさなかった。こういう時おれはダメだね。早く結果が欲しくてつい強引に事を運びたがる。成功するやり方がわかってしまうせいで強行するんだ。でも相手によっては、今回みたいに上手くいかない」

「そんなこと……」

「あるんだよ、自分のことはある程度把握してる。おまえは、決してショートカットしないよな。面倒だっておれが思う過程も、相手によってはさらに遠回りして丁寧になぞっていく。そういうところ、本当にすげぇって尊敬する。ギヨームもコンテッサも、そんなおまえだから心を開いて色々話をしたんだぜ。去年のパリで、ギヨームやロジェと気持ちを交わし合うことが出来た潤だったら、コンテッサとも出来ると思ったんだ」

「……もしかして、今回のミラノ行きはそれが本当の目的だったんですか」

「まぁな」

「話が聞けなかったら、どうするつもりだったんですかぁ！」

潤は泣きそうになって声を上げた。

話を聞くことが出来たからよかった。もし出来なかったときは失望されたかもしれないという恐怖が、今さらながらわき上がってくる。いや、泰生は失望なんてしないかもしれないが、潤としてはがっかりさせるのも嫌だと思ったのだ。

けれどそれ以上に――。

「潤なら出来ると思ったんだよ。って、何べそをかいてんだよ」

泰生が困ったような声を上げて潤を懐《ふところ》に抱き込んでくれた。背中をぽんぽんと優しく叩いてくれるリズムがさらに潤の涙腺を弱くする。

「だって、だって何か嬉しいから……」

泰生が自分を信頼してくれたのがとても嬉しい。

潤なら出来る――その言葉がたまらない歓喜を呼ぶ。

泰生より優れている部分があると言われたことには驚いたし未だに信じられないけれど、評価してくれた自分のそんな部分が今回泰生の役に立って、潤はとても嬉しかった。

こういう部分も、いつかは泰生の仕事を手伝う上で大きな助けになればいいのに……。

泰生のシャツの胸に涙を吸わせながら潤は願うように思った。


コンテッサと顔を合わせたのは、翌日のランチのときだった。

昨日のおしゃべりのときに話題になったスプマンテというスパークリングワインを開けてくれたので、泰生とコンテッサのお供で潤も少しだけ嗜《たしな》む。泰生たちは十分に大人で場数を踏んでいるせいかまったく気にしないのだが、潤自身は昼間からアルコールを楽しむのは何だかいけないことをしているようで気が引けてならなかった。それでもグラスの中で細やかな泡を立ち上らせているスプマンテは美しい黄金色をしていて、とても美味しかった。

イタリアのランチは豪勢なメニューを何時間もかけてのんびり楽しむなどと言われていたの

はひと昔前のこと。今では日本と同じように手軽に食べてさっさと仕事に戻るらしい。しかし、コンテッサと一緒に取るランチは昔のイタリア風でいつもゆったりと時間が長い。

そんな贅沢《ぜいたく》なランチで、コンテッサは昨日のショックなど微塵も感じさせないいつも通りの陽気さで、テーブルを賑わせてくれていた。

「あら、だったら連れて行ってあげるわ、ピエモンテへ。まだしばらくはバカンスなのでしょう？　ちょうどいいじゃない。それはステキな景観なのよ、なだらかな丘陵地帯に一面に広がるブドウ畑は。それに、ピエモンテは美食の街なの、ワインもチーズもそれらを使った料理もすべて美味しくて、あぁ待って、そういえば白トリュフの季節がもうすぐだったんじゃないかしら？　これは急いで確認してみなきゃならないわ」

コンテッサが使用人を呼ぶのを見て、潤は内心ちょっと慌てる。

「コンテッサ。その前に、話がある」

そんなタイミングで、泰生が声を上げた。コンテッサがどこか硬い雰囲気に変化したのは、泰生の話の内容を察したからだろう。それでも、出した声は平常通りだった。

「何かしら、タイセイ？」

「ギョームと仲直りしたくないか？」

単刀直入に泰生が水を向けると、コンテッサは眦《まなじり》を上げて潤を見た。

泰生に話したことを咎《とが》めるようなきつい眼差しに潤はぎゅっと奥歯を噛む。謝罪の言葉を言う前に、泰生がコンテッサの注意を引くように声を上げた。

「別に、潤が思惑を持っておれに告げ口したわけじゃないぜ。純粋にコンテッサを心配したんだ、自分が傷つけたんじゃないかってさ」

「――わかっているわよ、そんなこと」

ツンと顎を逸らしたコンテッサに、潤は謝るタイミングを逃してしまった。

「話を戻すぜ。それで今度の――ギョームが開くパーティーだが、本当はコンテッサも呼ばれてたんだろ？　でもコンテッサのことだ。さっさと欠席するって連絡を入れたんじゃねぇ？」

「当たり前よ。誰が縁を切っているギョームのパーティーへのこのこ出かけようと思うの。それ以前に、よくも私に招待状を送ってきたと腹立たしくなったくらいだわ」

ふんっと鼻息も荒く言い切ったコンテッサに、泰生が苦笑する。

「なるほどね。だったらちょうどいい。以前電話で話したが、今度のパーティーで、おれは余興の演出を頼まれている。そこで、コンテッサに活躍して欲しいんだ」

泰生が考える演出とは、コンテッサがコレクションしているアンティークのチェンバロやフォルテピアノを使ったサロンコンサートだった。

チェンバロやフォルテピアノはピアノの祖先といわれている鍵盤楽器だ。形はさまざまだが現在のグランドピアノそっくりのものもあり、十五世紀くらいからヨーロッパの各地で作られ演奏されてきたという。特にチェンバロの歴史は古くて、昔は王侯貴族のために作られていたこともあり、見事な絵が描かれていたり象牙や宝石がはめ込まれていたりと装飾も美しくて、現存するアンティーク・チェンバロは芸術品扱いされるほど貴重らしい。

コンテッサがコレクションしているチェンバロも泰生の話では億単位の値段がつくだろうとのことで、このミラノの邸宅を案内してくれる際にコンテッサが見せてくれたチェンバロなどは大きな蓋板の表と裏に見事な風景画が描かれており、その美しさを間近で見た潤はアンティーク・チェンバロが芸術品との言葉に大いに納得した。しかも別の邸宅で保管しているコレクションの中には有名な音楽家ヴォルフガング・アマデウス・モーツァルトが一時期所有していたとされるチェンバロもあるそうだから驚くばかりだ。

今回泰生が狙ったのも、そんなコレクションの豪華さだろう。謂《いわ》れのあるアンティーク楽器を使ってのコンサートだったら、喜ばれること間違いなしだ。

「コンテッサには、楽器の貸し出しに加えてパーティー会場への楽器の輸送と演奏家の手配をお願いしたい。さらに当日、パーティー会場にて楽器の由来を披露して欲しいんだ」

テーブルに両肘をついて組んだ手の上に顎を乗せた泰生が、まるで駆け引きでもしているみたいにコンテッサと見合っている。張りつめた二人の雰囲気に潤はドキドキして見守った。

「以前はギョームとの不仲を理由に断られたけど、あの時と今ではコンテッサの気持ちも違うんじゃねぇかって、おれは思うんだが？　それに、おれが協力を要請したという形を取ればコンテッサもギョームの前へ姿を現しやすいだろ。今回の件、ぜひ引き受けてもらいたい」

泰生をきつく見すえたまま、コンテッサはずいぶん長い間沈黙を続けた。

コンテッサもさまざまな葛藤があるのだろう。ギョームに会うということは、これまでの謝罪が必要になる。高い矜持を持つコンテッサが頭を下げるのはなかなか勇気がいるはずだ。

それに、アンティークのチェンバロやフォルテピアノを貸し出したり移動したりすることはそう簡単ではないというのも返事を渋らせる原因かもしれない。

それでも最後にはコンテッサは大きくため息をついて、

「――――タイセイって、知っていたけれどとんだ策士よね」

泰生の要請を受けることを了承した。

「褒《ほ》め言葉として受け取っておくぜ」

泰生がにやりと笑い、潤はそんな二人にただただホッとするばかりだ。

パーティーまでは日がないということで、泰生とコンテッサはすぐに具体的な内容を煮つめていく。泰生の頭の中では演出の大筋が出来上がっているのか話し合いもとんとんと進んでいった。そのあまりのスムーズさに、泰生は最初から今回の件が上手くいくと疑いもしなかったのではないかと思ったくらいだ。

そんな話し合いの中で、コンテッサはギョームとロジェに謝罪することも約束してくれた。

「すばらしいわ。今日は何本でもワインを開けたい気分よ」

ようやく話し合いが終わったコンテッサはどこか満足そうな顔で使用人に言い、泰生と潤のグラスにも新しいワインを満たした。

「乾杯しましょう。パーティーでのコンサートの成功を祈って」

コンテッサがグラスを宙に掲げるのに合わせて、潤もグラスを持つ。

「乾杯――」

グラスを触れ合わせることはしないが、コンテッサに向けてグラスを掲げてみせるとにっこり笑われた。話し合いの前よりさらに朗らかにコンテッサが場を盛り上げる。雰囲気がどこか柔らかいのは、懸念する問題がなくなったためだろうか。

乾杯のために饗されたワインは相当いいものだったらしい。昼間から酒を楽しむなんてと潤はセーブしていたはずなのにいつの間にかグラスを飲み干していて、そこにどんどんお代わりを注がれて困った。しかも皆とおしゃべりしながら飲むせいか、ボトルは速いペースで軽くなっていく。今テーブルにあるワインはいったい何本目だろう。

「潤、大丈夫か?」

「平気です、大丈夫――…あれ？」

そのせいか、食後のエスプレッソコーヒーに辿り着く前に潤は酔っ払ってしまい、気付けば頭がグラグラ揺れてしまっていた。泰生に訊ねられて頷いたはずが傾きすぎてテーブルに額をぶつけそうになり、そんな潤に慌てたように大きな手が支えてくる。

「危ねぇな。移動させるか」

泰生の腕が脇の下をくぐって背中へと回り、膝裏へ差し入れられた腕とともに潤の体は抱き上げられていた。部屋の隅のソファーへと運ばれた潤は、隣に座った泰生の膝枕で休むことになる。意識はあるけれど酔いの気持ちよさに体を委ねていた潤は、泰生に思う存分甘えられる格好に幸せな気分になった。

見上げると、泰生のきれいな顔があるのだ。

これは堪能せずにはいられない。

「見すぎだ。酔っ払いはもう目ぇつぶって寝とけ」

泰生からは顔をしかめられてしまったけれど。

「甲斐甲斐しいこと。傲岸不遜《ごうがんふそん》なあなたしか知らない人間が見たら、別人かと目を疑うような光景だわ。しかも、私が目の前にいるのによくもそんな二人だけの世界を作れるわね」

呆れたような声に頭を動かすと、コンテッサが鼻の上にシワを寄せていた。が、嫌悪の表情ではなくどこか温かさを覚えるものだ。目が合うと、微苦笑される。

「ジュンはアルコールに弱いのねぇ」

「そうでもねぇぜ。酔っ払うのは早いが、アルコール自体にはわりあい強い」

潤が答える前に泰生が声を上げた。

「けど今日は、何か気持ちよくアルコールが回ってたみたいだな。おおかた、コンテッサがギョームと仲直りするとわかって嬉しかったんじゃねぇ？　潤はギョームのことをずっと心配してたからな」

「あら、私のことは心配してなかったのかしら」

「しないわけないだろ。昨日はコンテッサを傷つけたってずっと浮かない顔してたし、それも解決したから安心して余計に酔っ払ったんだろ。潤の中じゃ、コンテッサももう大事な友人だぜ、きっと。潤はさ、簡単に人を懐に入れるし一度入れた人間のことはすげぇ大事にする。そのせいで自分が傷ついても、変わらずまた人を信用するんだ。何かすげぇだろ？」

泰生の言葉は嬉しいことばかりのようで、潤は目をつむったまま含み笑いをしてしまう。そんな潤に、泰生は手で優しく髪を梳《す》いてくれた。

「そうね。でも私が傍《そば》にいたら、もどかしくなってつい口を出してしまうでしょうけどね」

「コンテッサのことだから口だけじゃなくて手も出すだろ。あんたが介入したら、解決しない問題もねじ曲げてでも無理に解決させちまうよな」

「人のこと言えるの？　それはあなたもでしょう」

泰生とコンテッサのクスクスとした笑い声が部屋に穏やかに響く。

「ねぇ、タイセイ。あなた、ジュンを大事にしなさいね」

「何だよ、してるだろ」

「これからの話よ。あなた、演出の仕事を本格的にやっていこうと思っているのよね？　だとしたら、ジュンの存在は貴重よ。これまでのタイセイは強気でガンガン攻めるだけだったから私なんかからしてみたら脅威とも思わなかったけれど、外柔内剛《がいじゅうないごう》のジュンに内から切り崩されたらちょっと厄介だわね。タイセイにとっては、強力な味方になるわ」

コンテッサの話に、泰生は小さく鼻を鳴らしただけだった。うるさそうにも照れくさそうにも聞こえたそれに、泰生は今どんな顔をしているのか見たいと思ったけれど、もう瞼が開かなくなった潤には叶わないことだった。


ギョームがいるカプリ島の別荘へ戻ってきたのは、その翌日だった。

まだピエモンテ州に行ってないのにと小言を言うコンテッサからずいぶん引きとめられたが、泰生が仕事を終わらせたこともあって二人でカプリ島へ戻ることにしたのだ。

そうしてミラノとは日差しの色が違うカプリ島の鮮やかな自然を、潤は大いに満喫する。今度は泰生も一緒だから、ひとりで遊んでいたときより楽しさはさらに増した。

透き通るようなプライベートビーチで遊んだり崖の中にあるシークレットビーチで何度もキスを交わしたり、レモン畑を管理しているマリオの屋敷でたくさんの食事をご馳走になったりカプリ島の名所である『青の洞窟』をギョームが特別に貸し切って皆で楽しんだり。

その一方で泰生はコンテッサと連絡を取りながらパーティーの演出の仕事を進めており、潤も勉強に精を出すのも忘れなかった。

「すげぇ豪華な顔ぶれ」

そうしてとうとうパーティーが開かれる日を迎え、会場を見回して泰生が声を上げた。

今回のパーティーはギョームのブランド『ドゥグレ』の幹部や身内、友人や知人を労《ねぎら》って親交を深めることを目的としているため、年齢層が幾分高めだ。潤や泰生と同じくらいの年齢はギョームの親戚の中に数人いるくらいだった。ヨーロッパでもそれなりの地位にいる人間が多いようで、泰生曰《いわ》く――よくこれだけの重鎮が集まったとのことだ。

しかし泰生はそう言うが、誰であろうと気にせず話しかけているし気に入らなかったらさっさと話を切り上げていた。今泰生と話している人物は、『ドゥグレ』のパリ本店の店長らしい。

パーティーはカプリ島にあるギョームの別荘で開かれているため、随所にイタリアを意識した演出が施されていた。食事などの内容はもとより、顕著なのはパーティーが始まる時間だ。

十七時と少し早いのは、アペリティーボと呼ばれる北イタリアを中心とした夕食前に食前酒や軽食を楽しむ習慣をパーティーに取り入れたらしい。また明るいうちから始めて、崖の上に建つ別荘からの絶景を存分に楽しんでもらおうという意図もあるのだろう。それは別荘の庭を開放してのガーデンパーティーにしたことからも推測出来る。

「うーん。やっぱりプロシュットは美味しい」

地中海の鮮やかな海が望める広い芝生では、白いパラソルのもとでケータリングのスタッフが忙しく給仕をしていた。潤はさっそくお目当ての生ハムをサーブしてもらって目を細める。

「君は生ハムが好きだな」

そう言うロジェの皿にはモッツァレラチーズばかり載せられている。潤が指摘すると、お互い顔を見合わせて笑ってしまった。

泰生やギョームが招待客たちと挨拶を交わす間、潤はロジェとパーティーを楽しんでいた。

潤たちがカプリ島へ帰ってくると、ギョームはコンテッサのことを聞いてきた。「僕のことを何か言ってなかったかい?」と。仲違《なかたが》いしていても、やはり気になるのだろう。

だがこの件については、泰生に口止めされていた。というのも、コンテッサがパーティーの余興で登場するのはサプライズの予定なのだ。もちろんコンテッサがギョームに謝罪する意思があることも秘密で、だから潤は非常に心苦しくはあったが曖昧な返事しか出来なかった。

「ロジェ。その、最近は危険なことはないですか？」

傍にギョームがいないこともあり、潤はそっとロジェに聞いてみる。

というのも、先ほど会場であのひげ面の男を見たせいだ。以前ロジェに別れろと脅迫していたギョームの従兄弟《いとこ》のセバスティアンは、今日は何食わぬ顔をしてギョームの傍で追従《ついしょう》よろしく笑っていた。

「大丈夫だ。ジュンが留守の間は、君の代わりにイヴォンと行動するようになったからか、まったく姿を見かけなかった」

「だったらいいんですけど。でも、まだぺぺギョームに脅迫の件は言ってないんですよね？」

話していたら、ギョームは今日あんな風にセバスティアンを傍に寄せつけなかったはずだ。

「何も被害に遭っていないのだから言う必要を感じなかったんだ。もしかしたら、このまま何もないかもしれないしな」

「でも、ロジェ。ケガをしてからじゃ遅いんですから」

「わかったから。ジュンがそう言うなら、バカンス中に考えておこう」

そう強引に話を締めくくったロジェがもどかしくて潤は唇を噛む。

今同じ場所に脅迫している男がいるため、自分が神経質になりすぎているのかもしれないが、あの男のせいでロジェは事故にも遭っているのだ。用心に越したことはないと思うのだが。

「ジュン、新しいプロシュットが来たぞ。取りに行こう」

潤が心配しすぎなのを気にしてか、場の雰囲気を変えるようにロジェが話しかけてくる。気を遣ってくれるロジェに申し訳なくなって、潤も気持ちを切り替えることにした。

今回参加したパーティーは、これまでにないような落ち着いた会だった。会場にはハープの生演奏が静かに響いており、用意されているケータリングやドリンクも質が高い。もともと別荘の装飾は見事だが今日はそれ以上に何かしらの演出が施されているらしく、会場全体がオシャレで洗練された雰囲気がした。

こういう感覚的なことがわからないのがダメなんだよなぁ……。

「スタッフたちの動きも全然違うし」

ロジェと一緒に取ったしゃれた前菜をつまみながら、潤は会場を見回す。

客たちの間を立ち動くスタッフたちの所作はとても優雅で、それでいてきびきびしていた。

潤はパーティーの演出に以前関わったことがあるためか、パーティーの進行が興味深くてつい目がいってしまう。

そんな潤の目が、近付いてくる泰生の姿を捉えた。

「泰生、お帰りなさい。演出の件、上手くいきそうですか？」

「もちろんだ。任せろ」

客と挨拶を交わしたり演出の仕事で動いたりしていた泰生が戻ってきたのだ。潤の皿にあったプロシュットを勝手に食べてしまうと、新しい皿を準備して料理を載せ始める。

「潤。おまえ、生ハムか野菜かモッツァレラチーズしか食ってねぇだろ。肉を食え、肉を。おら、このスカロッピーネはさっき一枚食ったが、レモンソースで美味かったぜ」

シェフがその場で焼いてくれる仔牛肉の薄切りのソテーを盛った皿をドンと渡されてしまった。こんなに食べきれるかと眉を下げた潤だが、どうやら泰生も一緒に食べるための皿らしい。

たっぷり盛り付けられていた肉はあっという間に泰生の口へと消えていく。

「ロジェもどうだ？　あんたもチーズしか食ってねぇだろ。モッツァレラ、好きだよなぁ」

「ごほん。私はけっこう。ジュンに食べさせなさい。若い人間はもっと食べるべきだ」

場を離れていた泰生にも、ロジェがモッツァレラチーズばかり食べていたことを見抜かれて、ロジェが気まずそうに顔をしかめるのがおかしかった。

「ジュンは何をそんなに笑っているのかな」

挨拶に回っていたギョームがようやく潤たちのもとへやってくる。それまでギョームの腰巾《こしぎん》着《ちゃく》のようにくっついていた従兄弟のセバスティアンは、ロジェの姿を見て顔をしかめて離れていく。そんな男の行動に、潤の方がホッとしてしまった。

客たちはカプリ島でのイタリア式パーティーを銘々楽しんでくれているようで、潤たちもようやく気の置けない四人で話をする時間を満喫していた。

その頃になると、パーティー会場はすっかり夕焼けの色が満ちていた。太陽は間もなく地中海の海へ沈もうとしている。そんなタイミングで、泰生が声を上げた。

「――さて、そろそろ時間か」

パーティーに出席した客たちは、海まで茜色《あかねいろ》に染め上げるような美しいカプリ島の夕焼けにすっかり夢中だった。いつもこの別荘で目にしているはずの潤も、今日の夕日は特別きれいに見えて他の客同様にすっかり見入ってしまっていた。だから泰生の声にはっと我に返る。

「ふふふ。タイセイがどんな余興を用意してくれたのか、楽しみだよ」

「あぁ、期待してくれ」

傍観の構えを見せているギョームに、泰生が人の悪い笑みを浮かべる。

そんな中で軽やかに聞こえてきたのは、何とも美しい音色だった。

チェンバロってこんなきれいな音がするんだ……。

夕日は海へと沈み、薄明かりが残るガーデンパーティーの会場には明かりが点《とも》り始めている。ロマンティックな空間に、どこかギターにも似た澄んだ音が厳かに響き渡っていく。

夕焼けに心を奪われていた客たちがはっと夢から覚めたように、屋敷がある方向を振り返った。そんな中、ギョームはひとり顔色が変わっていた。

「チェンバロ？　まさか、コンテッサが……？」

チェンバロの演奏は、いつの間にか開放されていた室内から聞こえてくる。客は華やかな音色に惹《ひ》かれるように次々と移動していく。もちろん潤たちもだ。

豪奢な広いホールには四台のチェンバロやフォルテピアノが並んでおり、演奏されているのは一番奥のグランドピアノそっくりのチェンバロだ。斜めに開けられている蓋板の裏には、美しい花の絵が緻密に描かれていた。鍵盤部分の箱を支える猫足にキラキラと輝くものが見えるのは、宝石がはめ込まれているためだろう。

壮年の男性演奏家が奏でる音色は、最後に少しの余韻を残してホールに消えていく。

その瞬間、客たちから大きな拍手が起こった。歓声も上がっている。

「──皆さま、こんばんは。今夜はパーティーを存分にお楽しみのことでしょう」

そんな挨拶をしながら姿を現したのは、ことさら華やかな装いのコンテッサ・サヴォイアだ。

ヨーロッパでも有数の実力者の登場にその場が大きく騒《ざわ》めく。隣にいるギョームも空色の目をまん丸にしていた。

コンテッサは演奏者を紹介したあと、会場にあるアンティークのチェンバロやピアノフォルテを一台ずつ披露していく。その中のひとつは、以前潤も聞いて驚いたモーツァルトが所有していたチェンバロだと紹介され、客たちの顔つきも興味津々なものになる。楽器の間を歩きながら巧《たく》みに話していくコンテッサに、会場はさらに盛り上がっていくようだ。

潤もコンテッサの話術に大いに引き込まれた。披露された楽器はさすがアンティークなだけあって、歴史的に有名な貴族が作らせたただの戦時下に行方不明になったあと奇跡的に見つかっただの多くの由来が付随しており、聞いていてとても楽しかった。

そんな謂れのあるチェンバロやフォルテピアノに今接していることを潤は光栄に思ってしまう。いや、潤にとってはこの時間こそが奇跡だと感じた。

すごい機会に恵まれたな……。

そんなことを思って、潤はふと考える。

もしかしてこういう経験も教養に繋がるのではないか。

通訳が出来るようになるためにロジェに教養を積みなさいとアドバイスを受けた。だから潤は本をたくさん読んで知識を取り入れている最中だが、こんな歴史的価値のあるチェンバロに触れたり音色を聞いたりする体験も大いに自分の身になる感じがする。いや、本からの知識以上に得るものが大きい気がした。

アンティーク・チェンバロのことを今度誰かに聞かれたら、饒舌《じょうぜつ》に話せる自信がある――。

潤はすごいことに気付いたように思えてゴクリとつばを飲んだ。

そう考えると、この豪奢な別荘に滞在することも同じかもしれない。いや、今回のバカンスそのものが得がたい経験だ。贅沢な美術品に触れたり貴重な文化遺産を目にしたりの連続だったのだから。歴史の古いヨーロッパに滞在したお陰だが、それに加えてハイソサエティーのギヨームやコンテッサが潤にそういう機会を恵んでくれたことも大きい。

「もっと早く気付けばよかった……」

これまで何も意識せずにすごしてきたのがとてももったいなく思えて、潤はうめくように呟いていた。芸術品の塊のような贅沢なサロンの空間を見回す。

いや、今気付いたのは遅くはない。あと数日はここに滞在するのだから。

潤はすぐさま思い直した。

それに今回のバカンスのように特別な環境ではなく日常の生活でも、経験を経ての教養を積み重ねることは出来る気がする。何を見てどう感じるのか、日頃からアンテナを張り自らに貪欲に取り込もうとする姿勢を持つことで叶うはずだ。そういう意識を持つことが大事なんだと、これからのことを思って潤は気持ちを引き締めた。

コンテッサが謳《うた》い上げるチェンバロの歴史に、だから潤は一生懸命に耳を傾ける。

それにしても、コンテッサはすごいなぁ……。

前回ミラノの屋敷で案内されたときも思ったが、何百年も前の楽器を今も遜色《そんしょく》なく演奏出来る状態に保つのはどれほど大変か。それを可能にしているコンテッサのコレクションへの貢献と熱意に潤は胸が熱くなる。こうして滔々《とうとう》と由来を語れることにも尊敬の念を抱いた。

「へぇ。コンテッサのおしゃべりも案外すげぇな」

泰生も大いに感動しているようだが、口から出たのは少しひねくれた感想だ。フランス語で呟いたその声が、ちょうど近くを通りかかったコンテッサにも聞こえてしまったらしい。じろりと視線が飛んできて潤は首を竦めそうになったが、泰生はにやりと笑顔を返している。

「さて。私はまったくしゃべり足りないのだけれど、何やらブーイングも上がり始めているようなので、そろそろ二曲目と参りましょう。お楽しみください――」

しかしそれすらもコンテッサはジョークにして、周囲を笑わせる。頃合いもよかったのだろう。曲の紹介のあと、演奏家は今度は別のチェンバロへと移動して曲を奏で始めた。どうやらチェンバロは個体によって音色が違うらしく、今度はとても華やかな響きが聞こえてきた。

そんな中、コンテッサが優雅に歩み寄ってくる。

作ったようなしかめっ面のギョームは、ロジェを庇うように一歩前へ出た。それを見て眉をひそめかけたコンテッサだが、歩みは止まらなかった。

「どうして縁を切ったはずの彼女がここにいるのかね、タイセイ」

ギョームの第一声は泰生にだった。未だに意地を張っているのか、冷ややかな口調に潤は少しひやりとしたが、コンテッサは気にもしていない。

幸いなことに声が聞こえる範囲には人がおらず、また皆の関心も演奏に集中しているために、ギョームとコンテッサが多少声を上げても会話が聞かれる心配はなさそうだ。

「余興の協力を求めたからだ。今回のパーティーのコンセプトからいって、コンテッサ・サヴォイアが所有するアンティーク・チェンバロは魅力的だったからな。聞けば、コンテッサも一度はこのパーティーへ欠席する返事を出したものの、本来の予定がキャンセルされて今日は体が空いてるっていうじゃないか。だったらコンテッサにも出張《でば》ってもらってコレクションしている彼女自身がチェンバロの紹介を行えば、さらに楽しい時間を演出出来るんじゃねぇかって思ったんだ。成功だろう?」

泰生は客たちが楽しんでいる様子を見回してギョームへと視線を戻した。ギョームは何とも複雑そうな顔をしている。

「コンテッサも、今回は無理言って悪かったな。でも助かった、ありがとう」

「たまにはこういうのも悪くないわね」

泰生からバトンを受けて、ようやくコンテッサが口を開いた。にこりと泰生へ笑顔を見せてからギョームへと向き直る。ギョームの後ろにいるロジェはこわばった顔のままだ。

「ギョーム、それからシニョーレ・ベルナール。過日は私が言いすぎたわ。失言があったことも謝ります。許してくれるかしら」

コンテッサが謝罪するのを見て、ギョームは顎が外れるかというほど口を大きく開ける。

「コンテッサ、君が謝るのかい⁉」

「あら、私も悪いと思ったら謝罪くらいするわよ。そりゃあ、私くらい美しくて立派な女性になると何でも許されてしまうけれど、だからってそれに甘んじてはいないわ」

「しかし、あの頑固でわからず屋で意地っ張りなコンテッサ・サヴォイアだよ⁉」

「――謝罪が必要なのは、ギョームの方らしいわね」

引きつった唇でゴージャスな笑顔を作るコンテッサに潤はハラハラする。それはギョームの後ろにいたロジェも同様のようだ。

「失礼。コンテッサの謝罪を受け入れよう」

そんなロジェに気付き、ギョームが咳払《せきばら》いをして姿勢を正した。ロジェもそれに続く。

「それじゃ、仲直りでいいかしら？」

右手の甲を上にして優雅に腕を差し出すコンテッサに、ギョームは苦笑して頷いた。コンテッサの手を取ってその甲にキスをするギョームの挨拶に、潤は思わず目を見張る。ヨーロッパの貴族階級に残る女性の手の甲への挨拶を初めて見た。一説によると女性の手にキスしているのではなく、女性の手を握っている自分の指に唇を触れさせているだけらしいが、流れるような所作や優雅さも相まって映画のワンシーンのようだった。

コンテッサとの仲直りを喜んだギョームがとっておきのスプマンテを開けてくれたので、潤たちは五人で乾杯をした。

「まぁ！　それじゃあシニョーレ・ベルナールは困りものよね。ギョームは自分が王さまだってことを自覚していない部分があるでしょう？　あれはそう、ちょうど一年前のバカンスでのことよ。パーティーでサロンコンサートを――」

チェンバロの演奏が終わる頃にはコンテッサのおしゃべりも復活していて、しかしギョームも負けずに相対している。その場にロジェを引き入れるのも忘れなかった。傍で皆の話を聞いていた潤は嬉しくて笑顔が止まらなかった。

「ギョーム、おれの演出もなかなかのもんだろう？」

ロジェと意気投合したコンテッサが二人で仲良く話し始めた傍《かたわ》らで、泰生がギョームへと話しかける。泰生としては、アンティーク・チェンバロの演奏という余興に加えて、コンテッサとの仲直りも演出したかったらしい。それが成功して少し自慢げでもあった。

「本当だね、こんなサプライズがあるとは思ってもいなかったよ。すごく驚いたし大いに満足している。君の手腕には感心したよ。今日はありがとう、タイセイ」

つやつやとした明るい頰をぐっと持ち上げるようにしてギョームが口にした言葉に、泰生は嬉しげに頷く。そして潤へ向かって目配せをしてきた。今回の功績は潤のお陰でもあるんだとばかりの感謝の眼差しだ。

そんな二人に、潤は心が満たされた思いがした。


「ロジェ、お邪魔してもいいですか？」

パーティー会場から少し離れた静かな東屋《あずまや》にロジェを見つけて、潤はほっとして声をかけた。

パーティーはコンテッサを迎えてさらに盛り上がりを見せていた。

ギョームとコンテッサというヨーロッパでも群を抜く実力者たちが仲良く話すのを、権勢に敏感なハイソサエティーたちが放っておくはずもなく、大勢の人がつめかけてきたのだ。今回の余興を演出したと紹介を受けた泰生も同じように囲まれてしまった。

そんな喧噪を嫌うようにロジェがギョームと何やら言葉を交わしてその場を離れるのを見た潤は自分も便乗することにして、泰生に断ってロジェの後を追った。

それに会場にはあのセバスティアンもいて、心配だったせいもある。また何かしら脅迫される可能性もあるし、その時に自分のような部外者がいれば怯《ひる》むかもしれないと思ったのだ。

「ああいう賑やかなのは苦手なのだ」

気まずげに言い訳をするロジェに、潤も笑って頷き同席する許可をもらう。

今日はシックなブリティッシュスタイルのスーツを纏《まと》い、ギョームにプレゼントされたというジュエリーウォッチを唯一のアクセサリーとして身につけているロジェは、ファッションにうるさい客の間でも密かに注目を浴びていたようだ。挨拶のために潤に話しかけてきた幾人かの男女からは、彼は誰かと好意的な視線とともに訊ねられていた。当の本人はそんな彼らの称賛の眼差しに気付きもしないのだから、恋人のギョームが焦るわけだ。

「そういえば、ジュンには礼を言わなければならなかった」

「礼、ですか?」

潤が首を傾げると、ロジェは苦く笑う。

「イヴォンに、釘を刺してくれたと聞いた。本来だったら今回のパーティーで、私のことを結婚も考えているパートナーだと皆に紹介するつもりだったと聞かされて、震え上がったぞ」

前にギヨームと話している中で確かに出てきた話題だが、潤がそれについて直接やめた方がいいなどのアドバイスはしていないため、ロジェからの礼は受け取れない気がした。

それを告げると、ロジェはゆっくり首を振る。

「このところ二人きりになると結婚だの同居だのを求める会話ばかり繰り返していたイヴォンが少し変わったのだ。君のお陰だろう?」

「話をしたのは確かですが、あのっ、ロジェに口止めされていたことは話していませんから！ただぺぺギヨームが悩んでいる感じだったので、それで少し別の話をしただけで」

焦って言う潤にロジェは「わかっている」と信頼の眼差しを向けて頷いてくれた。ホッとする潤に、ロジェは青灰色の瞳を緩める。

「それに、君にはもうひとつ礼を言いたかった。イヴォンから聞いたジュンのアドバイスに、私こそが心を揺さぶられたのだ。『相手の感覚や気持ちを思いやって二人の時間を大切にする』だったか?　それを聞いたとき、自分の方こそイヴォンの感覚や気持ちを軽んじていたのではないかと愕然《がくぜん》とした。理解していても、受け入れるつもりはないと頑なになっていたのでは、とな。君が気付かせてくれたのだ。ありがとう、ジュン――」

ロジェが今とても大切なことを口にしているのが、潤にもわかった。もしかしたら、それはギヨームにこそ一番に伝えるべきことではないかと思ったが、天《あま》の邪鬼《じゃく》なロジェのことだ。潤を相手に、本番の練習をしているのかもしれない。

ロジェの言葉を聞いて、潤も涙ぐみそうなほど嬉しくてたまらなかった。

「今日のパーティーでの紹介を控えたという話を聞いて、あのイヴォンが私の思いをくんでくれたことが嬉しかった。もしかしたら、これから新しい関係が築けるのではないかと私の気持ちも大きく揺り動かされている。イヴォンの愛情は、私の考える以上に深くて大きいものだったのかもしれないとな。それが今はとても幸せだ」

ロジェは賑やかな雰囲気が伝わってくるパーティー会場の方を振り仰ぐ。またチェンバロの演奏が始まったのか、華やかな音色が夜陰に溶けるように微かに聞こえてきた。辺りの雅《みやび》やかな庭園の風景も相まって、まるで絢爛《けんらん》豪華な宮廷に迷い込んだかのようだ。

穏やかな優しい表情をしているロジェに、ギョームの思いが少しだが伝わったのがわかる。

「もしかして、今は結婚も前向きに考えていますか?」

「――どうだかな。だが、一時期よりはずいぶんマシにはなった」

照れを隠すようにしかめっ面をするロジェに、潤は自分の方が顔が熱くなる。

「あのっ、その時はぜひ呼んでください。お祝いしたいです!」

「その時ってどの時だ。ジュン、そんなに興奮するものではないぞ」

「すみません、でも嬉しくて。結婚式はするんですよね?」

叱られて潤は首を竦めるが、ワクワクした気持ちは止められずに窺うように上目遣いで見ると、ロジェがくわっと目を剝《む》いた。

「なっ……ばっ、けっ……結婚式などするわけないだろうがっ」

「え！　でもっ、確かにパリの大きな教会とかだったら少しおれも考えるかもしれませんけど、たとえばこの別荘にあるようなちっちゃな教会みたいなところで、身内だけを呼んで式を挙げるんだったらとてもステキじゃないですか？」

「…………………そんなことはない」

返事がものすごく遅かったのはロジェも少しは気持ちが動いたせいかと、潤は恥ずかしながらも自分の結婚式の話をロジェに語って聞かせた。

アフリカの国シャフィークでのことだ。夢のように美しい夕焼けの中、広大なサハラ砂漠を泰生と一緒にラクダに揺られて会場へ向かう高揚感。贅沢なテントの中で、人前式による結婚の誓いをしたときの幸福な気持ち。気の置けない身内に祝福される喜び。どれも忘れられないすばらしい体験だった。

その時に感じた思いも含めて話をするのは照れくさかったけれど、ロジェにも結婚の幸せを少しでもわかって欲しかった。ギョームだったら、潤と泰生のとき同様に、ロジェを心から喜ばせてくれるだろうから。

「――タイセイはロマンティックな男だったんだな。意外だ」

話を聞いて、しかしロジェは目元を赤くしてそっぽを向いてしまった。

「いえ、泰生はおれのためにそんな結婚式を準備してくれたんだと思うんです。おれは涙が出るくらい嬉しかったし」

「ジュンがロマンティックであるのはとうに承知している」

「あぅ……」

何だかバカップル扱いされた気がして、潤は面映ゆいような居たたまれないような気持ちになる。熱くなった頬を風にさらすように、潤もロジェと反対の方向に顔を向けてしまう。

その時だった。

「誰だ？」

突然響いたロジェの誰何《すいか》の声に振り向くと、大柄な男たちが近付いてくるのが見えた。明かりの下に姿を現したのは黒っぽいスーツを着た男二人だ。

「ひとりになるのを待っていたが、時間切れだ。仕方ない、二人まとめて連れていくぞ」

苛立たしげにフランス語で呟いた男の方は、以前見たことがあった。

ロジェと一緒に街に買いものへ出かけた際に絡んできたギョームの従兄弟・セバスティアンのボディガードだ。すれ違いざまにわざとロジェにぶつかっていたからよく覚えている。そのせいで、ロジェは転倒したのだから。もうひとりのひげ面の男も屈強な体つきに黒のスーツを着ているため、ボディガードの仲間なのだろう。

「何だ、おまえたちは」

ロジェが潤を庇うように立ち上がると、大柄な男たちと対峙《たいじ》する。だが、男たちはロジェとまともに話すつもりはなかったようで、ロジェの腕を力任せに摑んだ。その弾みでロジェの杖がベンチから転がっていく。

「きさまに用があるんだよ。さっさと来い。そっちのおまえにも来てもらうぞ」

命令口調で言うと、ロジェを乱暴に引きずるように歩き出した。潤ももうひとりの男に腕を伸ばされかけたが、それよりロジェの方が気になった。足が悪いロジェは、杖が手放せない。なのに男は無理に連れていこうとするため、ロジェはすぐに転倒してしまったのだ。

「何やってんだ。さっさと歩かねぇか！」

男はロジェの転倒に眉をつり上げて怒鳴りつける。さらには暴力をふるおうとしたから、潤はたまらずロジェへと駆け寄った。

「ロジェっ。ロジェに何をするんですかっ」

「ジュン、やめなさい。君はタイセイのもとへ走るんだ、早く！」

真っ青な顔のロジェはそんな潤を追い払うように腕を振った。潤も一瞬だけ賑やかな声が聞こえてくるパーティー会場を振り返る。

確かに潤ひとりではこの屈強な男たちに勝てるはずはないし、瞬間的に自由になった今なら逃げられるかもしれない。けれど、パーティー会場まで助けを呼びに戻ってもロジェの救出に間に合うとは思えなかった。何より、男たちが潤を逃がすつもりはなさそうだ。

「何言ってんだ。顔を見られたんだから逃がすわけはないだろ。助けに走られても困るからな」

案の定、ひげ面の男は潤たちを見てにやにやと笑う。

暴力的な男たちが怖くて、膝が震えていた。体が異様に冷たくて先ほどから背中に冷や汗が流れ落ちていたし、口の中はからからに渇いている。

だが、潤は怖さを振り払うようにぎゅっと強く拳を握ったあと、顔を上げた。

「わかりました。逃げません。でもっ、ロジェを乱暴に連れていくのはやめてください。おれがロジェに肩を貸しますから」

「ジュン！」

「——よし、いいだろう。逃げようとしたらただじゃ済まないからな」

男も潤たちを別々に引きずっていくより、まとめて連れていった方が効率がいいと考えたのだろう。男の許可を得て、潤はロジェの腕の下に肩を滑り込ませて立ち上がらせる。

「ジュン、君は何てバカなことを！」

「今は大人しく従いましょう。泰生たちがきっと助けに来てくれます。ここは島だから今すぐに遠くへ連れ去られることはないと思いますし、島内をしらみつぶしに探す力も泰生たちだったらありますよね？　時間を稼げば助かる可能性も高くなるはずです。どうせ二人とも連れていかれるのなら、いざというときのためにもケガはない方がいいと思います」

男の拘束にケガをせんばかりに激しく抵抗していたロジェに、潤はイタリア語で話しかけた。

いつまでも戻ってこない潤たちを放っておく泰生とギョームではない。さいわい、潤はスーツのポケットにスマートフォンを入れたままだった。男たちに気付かれなかったら、スマートフォンの位置情報から潤たちがいる場所を特定することも出来るだろう。それに男たちは乱暴だが、ロジェをこの場から連れ去ろうとしている。それは今すぐに命を取るわけではないということ。その時間を長引かせれば、泰生たちがきっと助けに来てくれるはずだ。

潤の言葉に、ロジェも助けが来る可能性にかけることにしたようで、大きく頷いてくれた。

イタリア語を使ったのは、フランス語を話す男たちに内容を知らせたくなかったからだ。日常会話程度はロジェも話せると聞いていたせいもある。男たちがイタリア語がわかる可能性を懸念して言葉を曖昧にしたしギョームの名前もあえて出さなかったが、その心配はなさそうだ。

しかし、潤の言葉がわからなかったことで苛立ったように男が蹴りつけてくる。

「今度わからない言葉で話したら、一生しゃべれなくしてやるぞ！　わかったかっ」

「痛っ……」

「ジュンっ。この子に乱暴はよせっ」

「だったら、さっさと歩けよ！」

男たちに急かされて、潤はロジェに肩を貸して歩き出す。男たちはゆっくりしか歩けない潤たちに焦《じ》れて最後には両側から引きずるように連れていかれたけれど、出来るだけロジェに負担がかからないように潤は努力した。

船で島の外へ連れ出されることを一番心配したが、潤たちが乗せられたのは別荘の敷地外にひっそり停められていた車だった。途中で誰か使用人に会わないかと期待したが残念ながら誰とも会えなかったし、男たちは警備の目をくぐり抜ける道も知っていたようだ。

けど、このスマートフォンがあれば大丈夫だ。サイレントモードにしているからわからないだけで、もしかしたらもう泰生から電話がかかってきているかもしれない。

ロジェと一緒に後部座席に座る潤は、胸ポケットの硬い感触を心強く感じる――が。

「おっと、今のうちにスマートフォンなどのツールは出しておいてもらおうか」

潤たちを見張るように一緒に後部座席に座ったひげ面の男が、手を伸ばしてきたのだ。ポケットを探られて入れておいたスマートフォンが見つけられるのはすぐだった。ロジェの体も探られたが、彼は何も身につけていなかったらしい。ひげ面の男が潤のスマートフォンの電源を落とすと勢いよく窓の外へ放り投げるのを見て、絶望感を味わう。

いや、ギョームだったら本当にカプリ島のホテルや別荘を調べることが出来るかもしれない。

それでも恐怖からか体が震えてしまうのは止められなかった。そんな潤にひげ面の男は糸のように目を細めてにやにやと笑う。

「おーお、震えてやがる。可哀想になぁ？　おまえがあの場からとっとと離れないから巻き添えを食ったんだ。恨むなら、間抜けな自分とジーサンを恨みな。おれらはちゃんとジーサンがひとりになるのを待っていたのによ」

「やめろっ。弱者をいたぶるなど卑劣な行為だ」

鋭く遮ってくれたロジェに、男はふんと鼻を鳴らした。

「よく言うぜ、この子供が連れ去られんのはジーサンのせいだろ。あんたがさっさとおれたちに捕まってれば、こんな目に遭わなくて済んだんだ。最近あんたは別荘から出てこない上にいつも恋人のジーサンと一緒だったから、おれらもこんな面倒な手順を踏まされることになったんだからな」

一連の言葉に、ロジェがひとりになる機会を男たちがずっと窺っていたことを知る。ギョームと一緒だったお陰でこれまで狙われなかったが、そのためにパーティーを利用されたらしい。

今日は招待客はもちろんその付き人や護衛など多くの人間が別荘を訪れており、敷地内を見知らぬ人物が歩いていても不審がられない。もとより男たちはギョームの従兄弟のセバスティアンの護衛なのだから、別荘への出入りも敷地での徘徊《はいかい》もフリーパスだ。

そうして、ロジェがひとりでパーティーを抜け出したことで千載一遇のチャンスとばかりに追ってきたらしいが、潤も来てしまったことが誤算だったようだ。話し込んでしまった潤たちに痺れを切らして一緒に連れていくことを決めたようだが、逆に考えれば、潤がいたためにロジェがひとり連れ去られずに済んだのだ。ロジェひとりがいなくなるより潤とロジェの二人が消えた方が泰生たちにも気付かれやすいはず。助かる可能性も高い気がした。

そう考えて、潤はぐっと奥歯を噛んで顔を上げた。

泰生を待とう。泰生が助けに来てくれるのを信じて待つんだ。

「ジュン、大丈夫か?」

武者震いする潤に、ロジェが気遣うようにそっと手を握ってくる。ロジェの手の冷たさに、彼も強く緊張していることが伝わってきた。潤は頷いてロジェの手をぎゅっと握り返した。

車はすぐに目的地に着いたようだ。大きな建物の裏手へとつけられる。車窓を見ると、薄いレモンイエローの壁が瀟洒《しょうしゃ》なホテルだった。以前ロジェと買いものに出かけたときに表玄関の前を通ったが、カプリ島でも一・二位を争うラグジュアリーホテルだと聞いた覚えがある。

そういえば、セバスティアンがホテル住まいだと前に言っていたか。本来なら自分たちが別荘を使うはずだったのに、と。彼はここに滞在しているのだろう。

「車からはひとりひとり歩いていけ。ジーサンの介助はおれがやる。妙なことはするなよ？　おれらはこんな子供の首など片手でひねれるからな」

ひげ面の男から首を掴んで脅されて潤は震え上がったが、それでも人目があるのだから助けを呼ぶことが出来るかもしれないと期待した。が、すぐにそれは間違いだと気付く。

車から降りたとき、ホテルの裏口には人目を気にするようにホテルスタッフらしき女性が立っていた。彼女の手引きによって、潤たちはスタッフ用の通路を使って客室へと案内されたのだ。その間、人払いでもされていたのか誰かに見とがめられることもなく、案内後、女性はボディガードのひとりからかなりの額のチップをもらっていた。足の悪いロジェを親切そうに介助していた男を見て、女性も誘拐犯だとは気付かなかっただろう。いや、たとえ気付いたとしてもあれだけチップをもらったら口を噤《つぐ》むかもしれない。

そうして連れていかれた客室には、予想に反して女性がひとりソファーに座っているだけだった。が、その女性を見て、ロジェが悲鳴のような声を上げる。

「君は、ヴァレリー!?」

ロジェが口にした名前に、潤はぎょっと女性を見上げた。

ヴァレリーとは、ギョームの元妻の名前だ。ギョームと結婚するためにロジェを陥れた悪女である。ギョームやロジェと同じくらいの年齢のはずなのに、どぎつい化粧が施された顔は不自然なほど若い。まだ三十代くらいに見える金髪碧眼《へきがん》の美貌だった。

「っ……」

潤とロジェはタイルの床に突き飛ばされて、縺《もつ》れるように倒れ込んでしまった。

「ロジェ、大丈夫ですか」

潤は慌ててロジェを抱え起こす。が、ロジェは愕然とヴァレリーを見上げたままだった。ヴァレリーは、ロジェの視線を受けて不快そうに睨み返している。

胸元に深いスリットが入ったドレスの色は鮮やかなサーモンピンク。ドレスの丈も短くて潤の目にははしたなく思えるヴァレリーの装いだったが、ボディガードの男たちの視線は彼女の胸元と足を行ったり来たりしていた。

「ご苦労だったわねぇ。誰にも見つからなかったでしょうね?」

「大丈夫だって。おれらを信じろ、美しいヴァレリー」

ヴァレリーが両手を広げて労うと、ボディガードの男たちはやに下がった顔で彼女の両隣に陣取る。男たちはギョームの従兄弟の配下だと思っていたが、裾の短いドレスから伸びたヴァレリーの足を嬉々として触っている様子を見ると、とてもそうだとは思えなくなった。

ふいに、ヴァレリーの視線が潤へと飛んでくる。蔑《さげす》むような眼差しに怯みかけるが、それを振り払ってぐっと見つめ返すとヴァレリーが嫌そうに顔をしかめた。

「なぁに、この子供は？」

「攫《さら》ってくるところを見られたから一緒に連れてきたんだ。何、ただのガキだ」

ひげ面の男の言葉にふんと鼻を鳴らすと、ヴァレリーはもう潤を見なかった。

「嫌だわぁ、ロジェ。あなた、本当に生きていたのねぇ」

体を触る男たちを気にもしないで、ヴァレリーが甘えた口調でロジェへ話しかけた。ロジェもようやく気力を取り戻したらしく、潤の助けを借りてゆっくり立ち上がった。

「君は変わらないな。下品なドレスもそのベタベタした気持ち悪い話し方も」

ロジェの痛烈な皮肉に、ヴァレリーはひくりと口元を引きつらせている。すぐに怒りを爆発させたように目を爛々《らんらん》と光らせた。

「本当に、何で生きていたのかしらぁ。あの時、死んでたらよかったのに。あなたのせいで、私の人生はメチャクチャになったのよ？　それでもあなたは惨めに死んだって思っていたから慰めになっていたのに、生きていたらムカつくじゃなぁい？」

ぽってりした唇には真っ赤な口紅が光っていて、その口から呪詛《じゅそ》のように文句が飛び出してくる。毒々しい言葉は耳を塞ぎたいくらいだ。

ヴァレリーってここまで悪辣《あくらつ》な女性だったんだ……。

潤はただただ呆然とまともな人間が話すとは思えない言葉の数々を聞いていた。

「ねぇ、ロジェ？　私にはねぇ、『ドゥグレ』のトップに君臨するギョームの妻としてすばらしい人生が待っていたはずなのに、あなたのせいで全部消えてなくなってしまったのよ。あなたのせいなの。あなたが存在したから結婚まであんなに時間がかかったし、結婚したあとにギョームから変な言いがかりをつけられて別れる羽目になったのよ。ねぇ、この落とし前をどうつけてくれるのかしら？　性悪なあなたからギョームを解放してあげただけなのに、あんな風に恨まれるなんて心外よぉ。ギョームったら頭の芯まであなたに腐らされていたようねぇ」

「ふん、相変わらず自分勝手な言い分だな。しかも、君は最近イヴォンと再婚したいなんて言っているようだな。ふざけたことを」

ロジェはヴァレリーの憎々しい視線に怯みもせずに厳しい顔で見つめ返している。

「あらぁ、ふざけてなんかいないわ。だって、ギョームの結婚話が持ち上がってるって言うじゃない。だったら、その相手は美しいこの私しかいない。そぉでしょう？　『ドゥグレ』のブランドもお店も商品も、パリの屋敷もブルゴーニュの豪邸もワイナリーも私にこそふさわしいの。すべて私のものよぉ。もちろんカプリ島のあの別荘もね。豪華な建物もプライベートビーチも何もかも私が楽しむために存在するのに、なぜあなたみたいな汚らわしい人間がウロウロしているのかって、本当ムカついたわぁ」

「ふん、何を言っているのかさっぱりわからんな。君が口にした屋敷も別荘も何もかもイヴォンの持ちものだ。君には権利どころか目にすることさえ叶わんはずだろ」

「あなたこそ何を言っているの？　私はギョームの妻になるのよ。だったらギョームのものは私のものでしょう？　今は離れ離れになっているけれど、私の愛は昔と少しも変わらないわ。今でもギョームのことは深く愛しているの、ギョームもきっとわかってくれる。ギョームの傍にずっといたのは私よぉ。あなたみたいに四十年ぶりにひょっこり現れて恋人だなんて言っても、底が浅いわよねぇ。だったらこの四十年間何をしていたのかって問いつめたいわ、ねぇ？　ロジェ。ギョームも、あなたの性悪さがわかれば今度こそ私のもとに戻ってきてくれるはずよ。だから、セバスティアンに頼んでたんだけどぉ」

ヴァレリーはそこで困ったように頬に手を当ててため息をつく。

「セバスティアンったら、なかなか私との再婚話を進めようとしてくれないんですもの。ギョームの近くでいつも自分ばっかり甘い蜜を吸ってるくせに。ずるいわよねぇ。私とギョームが結婚した暁には、いらない不動産は全部あげるって約束してるのよ？　そっちの方が今より断然美味しくて魅力的だと思うのにねぇ」

「君は――…」

さすがのロジェも絶句していた。

「あなたを殺してくれるって約束も、いつまでたっても果たしてくれないのよぉ？　だから、もう自分の手で殺してしまうことにしたの。あなたには恨みがあるし、殺したいほど憎らしかったからちょうどいいわぁ。この可愛い子たちもセバスティアンなんかより私の方がいいって率先して働いてくれるの。これも私の美貌と人格のなせる業《わざ》よねぇ」

ヴァレリーは両隣に座る男たちへ代わる代わるキスをする。

セバスティアンは自分の立場が揺らぐのを恐れて、ギヨームに守られるロジェに強引に手を出すことが出来なかったらしい。それゆえに焦れたヴァレリーが今回の拉致を計画したようだ。

どちらにしろ二人ともずいぶん身勝手な所業である。

「今日のパーティーだって、ギヨームの隣にいたのは私だったのよぉ。皆に注目をされてパーティーの主役となって存分に楽しめたはずなのに、どうして私はこんなちんけなホテルの部屋にいなきゃならないのかしら。あぁ、私ったらなんて可哀想なの」

「ふん。だから今日私を拉致したのか。安易な考えだな、相変わらず」

キリキリと奥歯を軋《きし》ませていたロジェだが、ここで反撃に出た。

「昔から、君は勝手極まりなかったし恥ずかしいほど未熟な人間だった。自分の考えが通らなかったらすぐに癇癪《かんしゃく》を起こしていたな。イヴォンの前では神妙に隠していたが。だが、君にも変わったところがあったようだ。以前より、さらに下劣になった」

「なぁんですって？」

真っ黒にアイラインが引かれた目でヴァレリーがぎろりとロジェを見る。

「それに、君の愛だと？　イヴォンの傍にいた？　ふん、笑わせる。イヴォンとは同じ業界内に存在していただけだろう。しかも君は、イヴォンと離婚したあとずいぶん派手に遊び回っていたじゃないか。パパラッチに記事にされたことを忘れているようだな。再婚と離婚を繰り返すような君のまがいものの愛と私の気持ちを一緒にしてもらっては困るぞ」

呪詛をはねのけるようなロジェの発言に、潤は胸がすく思いがした。

そうだ。ロジェの前で、ギョームへの愛情を語るのが間違っている。ロジェ以上に、ギョームを愛している人間なんていないのだから。

けれど、そんなロジェの言葉はヴァレリーを激昂《げっこう》させるに十分だったようだ。顔を真っ赤にしてわなわなと震えていたヴァレリーは、ひげ面の男がドレスの裾の下へと入れようとしていた手をぱしりと派手に叩いた。

「さっさと最後の仕事をしてちょうだい。この男を殺して。あぁ、楽に殺しちゃ嫌よ？　たっぷり苦しませてねぇ。私に刃向かったことを後悔させてやらないと、楽しくないからぁ」

愉快そうに微笑むヴァレリーの顔は造形的には美しかったが、潤の目には恐ろしいほど醜く映った。ボディガードの男たちが渋々といったように立ち上がると、潤たちへ近付いてくる。

「ジュン、君は隙を見て逃げなさい。君だけだったら、逃げられるかもしれない」

こわばった声でロジェは言ったが、男たちは逃がしてくれそうもない。それでも、ロジェは必死で潤を庇ってくれようとした。が、男とは力が違いすぎた。

「ロジェっ、ロジェ！」

「やめろっ。せめてこの子はっ、ジュンだけは助けてやってくれっ」

「うるせぇな、ジジイ。ひとりも二人も一緒なんだよ。さっさと猿ぐつわを嚙ませろ。騒がれたらたまらないからな」

ロジェの叫びに男は舌打ちして、タオルを口元へ持ってくる。嫌がる潤もお構いなしにタオルで口を塞がれて、バスルームへ引きずって行かれた。なみなみと水が満ちるバスタブへ無理やり歩かされていくうちに、ロジェと自分がこれから何をされるのかがわかった。同じく理解したらしいロジェが必死で抵抗して潤へ手を伸ばそうとしてくれる。

この時、潤は初めて死への恐怖を覚えた。リビングの方から高らかなヴァレリーの笑い声が聞こえてくるのがさらに怖さを増大させる。

泰生――――っ。

がくがくと震えながら潤が心の中で必死に泰生の名を呼んだときだ。

「潤！」

まるでその声が聞こえたみたいに、泰生の声がした。

はっと潤が顔を上げる、そのタイミングでドアが壊れる大きな音がした。続けて、どやどやと大勢の人が入り込んでくる足音も。ギョームの声が必死でロジェの名を呼び、ヴァレリーの悲鳴が聞こえたあと、バスルームの扉が勢いよく開かれた。

「潤っ、ここか！」

飛び込んできたのは、額にびっしり汗をかいた泰生だ。きつい眼差しをキリキリと尖らせて、潤を拘束している男を見つけるとさらに形相を変える。

「きさまっ」

きつく噛みしめる歯の隙間から絞り出すような声を上げて、泰生が屈強な男に飛びかかっていった。ブンッと音がするほど勢いよく上がった泰生の足が、男の脇腹に見事に決まる。慌てて潤の手を離して対抗しようとした男だが、激昂する泰生の気迫に押されてまったく歯が立たなかった。一気に畳みかけるような泰生の攻撃に男の顔には焦りの表情が浮かんでいる。

さらには、ギョームの警備スタッフらしい男たちも入ってくると、二人の男はあっという間にバスルームの床に取り押さえられてしまった。

「潤っ、大丈夫かっ」

「んーんっ……っは、泰生っ」

噛ませられていた猿ぐつわを外されて、潤は安堵で涙ぐんだ顔で泰生に抱きつく。

「絶対来てくれるって、思ってました！　絶対、絶対助けに来てくれるってっ」

「あぁ、怖かったな。遅くなって悪かった。もう大丈夫だ。安心しろ」

そう繰り返し言いながら、泰生が潤を抱きしめてくれる。その言葉と力強い抱擁に、こわばっていた潤の心も解《と》けていった。体の震えも止まっていく。

泰生の胸に顔を埋《うず》めている潤の横では、ロジェとギョームが無事を確認し合っているようだった。ロジェも恐怖と興奮から最初はひどく取り乱していたが、ギョームの宥める声に落ち着きを取り戻したらしい。

潤もようやく震えが止まってきたのもあって、ゆっくり泰生の胸から顔を上げた。

泰生の前髪がしっとり濡れていたりスーツが乱れたりしているのは、懸命に自分を探し続けてくれたからだろう。潤が泣いていないことにホッとしたような顔を見せる泰生に、潤は愛おしさが募って逆に泣きそうになった。それをぐっと奥歯を噛みしめてこらえる。

「泰生。助けに来てくれてありがとうございます」

「何か変な胸騒ぎがしたんだ、潤が戻ってくるのが遅いって。だからいつもはそんなことしないのに、スマホで潤がどこにいるか確認したら別荘の外にいた。しかもどんどん遠ざかっていってるじゃねぇか。途中でその記録も消えて、何かあったと確信したんだ」

ギヨームにそれを告げると、ロジェもいないことが判明した。別荘を捜索するうちに、東屋のベンチ近くにロジェの杖が転がっているのを発見し、泰生たちは二人の拉致を確信したという。まだパーティー中ではあったが、コンテッサ・サヴォイアがあとの進行を引き受けてくれたため、泰生とギヨームはすぐに潤たちの捜索に当たったようだ。

驚いたことに、ギヨームにはロジェがいる場所の特定が簡単に出来たらしい。というのも、ギヨームが以前にプレゼントして今日ロジェの手首にはまっているジュエリーウォッチの中に位置情報を知らせる機能をこっそり忍ばせていたという。それを聞いたロジェは少し怒った顔をしていたが、しかし今回はそのお陰で助かったのだから、強くも言えないみたいだ。

「ロジェがいるのがこのホテルだとわかった時点で、二人で別荘を飛び出したんだ。宿泊者リストを当たっていたら、ギヨームの元妻って女が泊まっていて、それからは早かったな」

特に泰生は、ヴァレリーがロジェにちょっかいを出している話を潤から聞いていたお陰で犯人は彼女だとすぐに特定出来たようだ。事情を知ったギヨームが警備の人間をひと足先にホテルへと急行させて話を通し、部屋の周囲を固めさせたため、ホテルに到着した泰生とギヨームは一直線にこの部屋までやってこられたという。

「ジュンにはすまないことをした。私の巻き添えを食ってしまったのだ。怖い目に遭わせたな。

しかも、腑甲斐ない私に危害が及ばないように最善を尽くしてくれた。君の勇気に助けられたよ。本当にありがとう」

「おれの方こそ、お礼を言いたいです。何度もおれを庇ってくれたしずっと気遣ってくれましたよね。最後までおれを逃がそうとしてくれたし」

ギョームに抱きかかえられるようにして詫びと礼を口にするロジェの顔は思ったより穏やかで、潤はほっとして自分も笑顔を浮かべた。

四人でバスルームを出ると、リビングルームの床にヴァレリーが拘束されていた。ギョームと一緒にいるロジェを見て、顔色を変えて睨みつけてくる。

「ギョーム！　どうして私はこんな目に遭っているのかしらぁ？　助けてちょうだい、その男に騙されたのよぉ。悪いのはロジェだわ！」

「黙りなさい。今まで君を放っておいた自分を心底恨んだよ。まさかまたロジェへ手を出すとはね。今、僕は腹《はらわた》が煮えくり返りそうだよ。君は自分がしたことを振り返りもせずに、好き勝手にやっていたね。その報いは、今後受けることになるだろう。僕も、今度は許しはしないよ」

ギョームは冷酷な声で告げると、あっさり背中を向けてロジェと歩き出す。その背中にヴァレリーの悲鳴のような声が投げかけられたが、ギョームは一度も振り返らなかった。

そうして潤はロジェたちと一緒に別荘へと帰る。その車中で、ロジェはこれまでギョームの従兄弟であるセバスティアンに別れろと脅迫を受けたり故意に発生させたと思われる事故に遭ったりしていたこともようやく告げて、心配したギョームからずいぶん叱られていた。

潤はセバスティアンのことを話したロジェに心底ホッとする。今回のことはセバスティアンとヴァレリーという共犯が仲違いしたことによって発生したが、それゆえにまだ何のお咎《とが》めもないセバスティアンがロジェに何かするのではという心配が残っていたからだ。

「しかし――ロジェがこんな目に遭ったのも、僕が腑甲斐なかったからだね。すまなかったよ、ロジェ。セバスティアンがあまり素行がよくないと僕は知っていたのに、身内だからとつい甘くなってしまっていた。セバスティアンの言動を見すごしていた僕のせいで、ロジェも真実を言いにくかったんだろう?」

幾分落ち着いたギョームは、ため息交じりにロジェへ謝罪の言葉を口にしている。

「私の方こそイヴォンにいらぬ心配をかけてしまった。こんなはずではなかったのだ。イヴォンと結婚さえしなければ、彼もこれ以上関わってこないだろうと思い込んでいたから」

「――そうか。結婚を承諾してくれなかった理由はそれだったのか」

「いや、それだけではないのだが……」

「だったら他にどんな理由があるのか、この際だからすべて話してくれないか。今回みたいに君の危機を知らずにすごしていたなんて、僕は今すごく胸が痛いんだ。だから――」

「ちょっと待てよ、ギョーム」

ギョームが情熱的にかき口説こうとしたとき、泰生がストップの声を上げた。

「結婚をするかしないかってデリケートで大事な話を、こんな車内の慌ただしい状況でしようというのか？　もうすぐ別荘にも到着するし、話が中途半端になるぜ。なぁ、ギョーム。こういうのって、時間を設けてもっとゆっくり聞き出せよ。つぅか、ギョームはもっとロジェと話をする時間を作るべきだとおれは思うぜ」

「それはそうかもしれないが、しかし――」

「今回の事件が起きたのも、そもそもお互いの会話不足が原因じゃねぇ？　ロジェのように相手を思いやって大事なことが言えなかったり、ギョームのように何か知らねぇが焦って結婚を強行しようとしたりって、恋人同士なのにちぐはぐな印象しかねぇよ」

「泰生……」

言いすぎではないかと心配して服を引っぱる潤の手を、泰生が大丈夫だとばかりに握り込む。

「行き違いや誤解が生じるのは、他人だから仕方ねぇよな。ましてや、四十年間まったく別々に暮らしていたんだ。四十年前には正解だったことも、今じゃ間違いだってのも多くあると思う。なまじ昔の記憶があるせいで、ズレも大きくなったのかもな。けどさ、ギョームもロジェも奇跡的に再会して愛を確かめ合ったんだから、他人だった関係を恋人へ、さらには家族へと昇華させるためにも、もっと二人で話し合って欲しい。二人は違う人間だからこそ惹かれ合ったはずで、これからその違いをすり合わせていくのもまた楽しいんじゃねぇ？」

泰生が話し終わったところで、車は別荘の敷地へ滑り込んだ。

すっかり黙り込んだまま、潤たち四人は車を降りてまだ賑やかな気配が伝わってくるパーティー会場へと歩いていく。その途中で、まずはロジェが口を開いた。

「まさか、タイセイに諌《いさ》められるとは思わなかったぞ。だが、悔しいが納得出来た。本当に悔しいがな」

「本当だよ。僕が恋愛のことで誰かに説得を受けるとはね。うん、ちょっと胸が痛いな」

続けてギョームも声を上げる。

今までずっと泰生の言ったことを考えていたのだろう。しみじみとした二人の口調には、泰生の少し生意気な発言を許す以上に感謝している気配さえ感じた。泰生が本気で言った言葉だからこそ、ロジェの頑なさに切り込んで心まで届いたりギョームの心にグサリと突き刺さったりしたのかもしれない。

「本気の恋愛に関しちゃおれの方が先輩だからな」

黒い瞳をゆるく細めて、泰生は得意げに唇を引き上げていたけれど。

「どうやら、最後には間に合ったようだね」

手早く身支度を調えて会場へと戻ると、間もなく締めの挨拶という時間だった。

マイクを握って今にも口を開きそうなコンテッサを見つけ、ギョームがさっと歩み寄っていく。何事もなかったかのようにコンテッサからマイクを受け取ったギョームに、潤たちは一様にホッとした。特にロジェは自分のせいでパーティーがダメになるのではと心配していたから、安心もひとしおだろう。

「今日はこれほど多くの方々にお集まりいただいて嬉しく思います——」

朗々と締めの挨拶を述べるギョームに、招待客の顔には笑顔が浮かんでいた。そんなギョームを穏やかに見つめるロジェの横顔も、これまでとは少し違うように見えた。


「は～、疲れた。潤、一緒に風呂に入ろうぜ。先に行ってろよ」

パーティーが終わって部屋に戻ってきた泰生は、ネクタイを緩めながら潤を振り返ってくる。

ワイルドなそのしぐさに一瞬見とれたせいで、泰生の誘いを断り損ねてしまった。

いや、別に入りたくないわけじゃないけど、やっぱり恥ずかしいというか……。

潤はバスルームでジャケットを脱ぎながら、口の中で言い訳をする。もたもたしながら服を脱いでシャワーを浴び、大きなバスタブに身を沈めると、それでもほうっと息がこぼれていた。

「今日は何か色々あったなぁ……」

つい一時間ほど前には、同じようなバスルームで危うく溺死させられるところだったのだ。そう思うと、今こうして寛《くつろ》げていることが奇跡のようだ。

パーティーが終わったあと、ギョームは従兄弟のセバスティアンとしばらく話をしていた。セバスティアンの顔色が見る間に悪くなっていくのを見て、ようやく決着をつけたのだと潤たちは知った。それにしても、セバスティアンはどうしてあんな浅はかなことをしたのか。ギョームにとってロジェは結婚するほど愛しい相手だと知っていたはずなのに、別れろと脅したりあまつさえケガをさせるような事故まで起こしたりするなんて。

「どうしたんだ？　深刻な顔をして」

気付けば、裸になった泰生がバスルームに入ってくるところだった。しなやかな筋肉のついた体を惜しげもなくさらして歩いてくる。最近は体に厚みがついたみたいで、さらに男らしくかっこよくなった気がする。潤は思わず見とれてしまったが、我に返るとそんな自分が恥ずかしくて顔が熱くなった。さいわい恋人はそんな潤には気付かなかったようで、シャワーブースで体を洗って、潤と向かい合うようにバスタブに入ってきた。

潤はさりげなく膝を抱えたが、投げ出した泰生の足が潤の体に触れてドキドキする。

「セバスティアンという人について考えていたんです。ペペギョームが結婚も考えるようなロジェを脅したりしたら大変だってわかっていただろうに、なぜあんなことをしたのかって」

いやらしいことを考えていたのを誤魔化すように、先ほどの泰生の問いに潤は早口で答えた。

「わかってなかったんじゃねぇの？　ロジェがそれほどギョームにとって大事な相手だってことがさ。ギョームは本気の恋愛こそしなかったがこれまでも恋人は結構いたようだし、今回もそんな軽い相手だとセバスティアンは勘違いしたんだろうな。なのに結婚話が持ち上がったからふざけんなって焦ったんじゃねぇ？　結婚するんなら相手はおれが用意してるってさ」

泰生の話を聞いてさらに考え込む潤に、泰生が手で作った水鉄砲で湯をかけてくる。

「わっ……泰生!?」

「くくく、だからそんな難しい顔をしてんなよって。この件に関しては、まさにギョームの手落ちなんだから。ギョームがこれまで兄弟同然だからって甘やかしたり見逃したりしてきたせいで、セバスティアンが思い上がるようになったんだろ。自分は特別だなんて大きな勘違いをして、多少何かやっても大丈夫だなんて思い込むようになったんだ」

言われてみると、なるほどと思った。

以前カプリ島の街でロジェを脅迫していたときも、セバスティアンはギョームへの口止めを一切しなかった。ギョームに告げ口されても自分の方が許されるという自信があったのかもしれない。公《おおやけ》になってもギョームはまた見逃してくれると思ったのか。

「潤、おまえ足んとこ、青あざが出来てるじゃねぇか」

泰生が体を起こして潤を見る。言われてみると、ふくらはぎに大きな青あざが出来ていた。ちょうどボディガードの男に蹴られたところだ。そう言うと、泰生は顔をしかめた。

「潤、そこに立って一回転してみろ。他にもケガがあるかもしれねぇ」

「えっ、大丈夫ですよ。痛いところなんてどこにも……」

「いいから、立て」

泰生の前で裸で一回転することの方が自分的にはダメージが大きいのだけれどと思いながら、潤はのろのろと立ち上がる。

「肘も何か青くなってねぇか？　それに、こっちの腿《もも》も」

「ひぇっ」

泰生の指にそっと腿の横を触れられて、潤はたまらずしゃがみ込んだ。そんな潤を、泰生は腕を伸ばして引き寄せる。潤も、泰生の胸に背中でもたれかかるように動いた。

「まったくケガなんかしやがって。潤は肌が白いから青あざが目立つんだよ」

後ろから伸びてきた腕が潤の肘を持ち上げてあざを確認したあと、舌打ちするのが聞こえる。

「すみません……」

「謝るな、バカ。おまえに腹が立ってるわけじゃねぇ」

声を荒げたのを詫びるように泰生は潤を抱きしめ、首筋に自らの頬をすりつけてくる。

「あーもうマジで無事でよかった。あんな潤は二度と見たくねぇからな。おまえが泣きべそかいて抱きついてきたとき、間に合ってよかったって心底思ったんだから」

「うん。おれも、本当にホッとして……嬉しかったです。絶対助けに来てくれるって信じていたから、やっぱり来てくれたって」

ロジェにも言ったが、泰生が来てくれると潤は心から信じていた。それでも、バスルームへ連れていかれたときは一瞬だけ死を覚悟したのだ。もうダメかと恐怖した。だからこそ、飛び込んできてくれた泰生を見たときは涙が出るほど嬉しかった。泰生への思いが、あの瞬間爆発するようにさらに大きく膨らんだ気がする。

「バーカ。来るに決まってるだろ。おまえがどこへ攫われようが、おれは必ず助けに行く。だから安心して待ってろ」

言いながら、泰生が潤の顎のラインに齧《かじ》りついてきた。甘噛みするような柔らかい痛みに、背中にさぁっと鳥肌が立つ。

「ん……はい」

キスを欲しがるような泰生のしぐさに、潤は誘われるように後ろを振り返った。腕を引かれるままにゆっくり体を反転して、泰生と向かい合うように座り直したところで、潤の口を泰生の唇が塞いだ。

「……ん、ん……ぅ」

泰生に乗り上げるような格好だが、攻められているのは常に潤だった。まるで何かに急かされるように口付けが激しい。泰生のキスは潤の唇に噛みつくみたいに襲ってきて、息が苦しくなって逃げようとする潤を許さないとばかりに力強い腕が潤の細い体に絡みつく。

キスをしているだけなのに、体がほてって無意識に動くせいだろうか。それとも泰生が貪欲に襲いかかるせいか。水面が揺れて、バスルームにしばし水音が響いた。

「っは、んんぅっ……ぅ」

あわ立った背中をくねらせながら、潤はキスを堪能する。

歯列を探られて舌を絡められて、それでもまだ足りないと泰生はさらに奥へと舌を伸ばしてきた。何度も顔を傾け直して、触れていない場所を探すように泰生は潤の口の中を蹂躙《じゅうりん》する。

キスだけでこんなに体がうずうずするなんて、今日は少しおかしい……。

「んーんっ、ふ…ぅっ、ん、んっ」

キスから激しさが抜け落ちてねっとりとした執拗さへ変化した頃、泰生が潤の体を撫でさすり始めた。甘苦しい刺激がゆっくりと体の中を巡り始め、泰生の手が触れる箇所から刺激はさらに大きく膨らんでいく。

「ん、やぅっ」

「ってぇ」

泰生の指先が潤の胸の先に触れたとき、焦れるような疼きに急かされるように潤は思わず泰生の唇に噛みついていた。

「ぁ、あっ……ごめ…なさいっ、ぁ、は…ぁっ……」

謝る潤に、目を細めた泰生は噛んで赤くなった自らの唇へと淫靡《いんび》に舌を滑らせる。

そんな泰生に、潤の喉元にはぞくぞくとしたものがこみ上げてきた。震える喉でそれをこくりと飲み下したけれど、全部は飲めなかったようだ。

とろりと淫猥に染まる視界に、泰生の黒い瞳が楽しそうに緩んでいく。

「えらく気持ちよさそうだな。何だよ、もう飛びそうじゃねぇ？」

「ん、ぁ……あ、だって……何か今日」

「あー。怖い目に遭ったから、生存本能が働いてエロい気持ちになってんのかもな」

そうかもしれない……。

泰生の謎解きに潤が頷くと、濡れた潤の唇へ思わせぶりに泰生が舌を伸ばしてくる。舌先でくすぐるように唇を舐められて、潤の腰はひくんと痙攣《けいれん》した。

泰生の指先が潤の乳首を挟み、ひねり上げると腰の深いところから突き抜けるような刺激が駆け上がってくる。親指の腹で押し潰されると、鈍く疼く腰を揺らしてしまった。

「んぁああっ、た……泰っ……せ……っゃ、もうっ」

泰生の腰に跨《また》がって、首に縋りついて、潤は恥ずかしい喘《あえ》ぎ声をこぼし続ける。バスルームいっぱいに響き渡る淫らな声に、潤は自分こそが煽られていくような気がした。

「あ、ぁんっ、やうぅ――……っ」

泰生の手が下肢へと移動していくだけで、潤の欲望は甘い期待に震える。

体中が性感帯になったようで、肌を滑る刺激でさえ官能の芯を揺らすようだ。ましてや、すっかり反応している屹立《きつりつ》を握られると、脳髄に突き刺さるような鋭い快感に一瞬視界が灼《や》ける。

「んんっ、ぁん……っ」

軽くいったのかもしれない。いや、いきかけていけなかったのか。

そのせいで、体の中で逆巻く熱い疼きはいぜん潤を甘く責め立てていた。

「おまえ、すっげぇ……」

泰生が興奮したように呟くのが聞こえた。

震える瞼を開くと、泰生の喉がゴクンと動く瞬間だった。喉骨が大きく上下するしぐさにさえ、潤の情欲は甘く刺激されるようだ。

「泰っ…生……ぇ、ぁ、あっ」

泰生を見つめて、潤は大きな手に握られたままの欲望を自ら動かし始めていた。泰生の手にすりつけるように、淫らな腰は貪欲に悦楽を求めていく。

「ふふ、それ……たまんねぇ」

そんな潤に興奮したように泰生は目元を赤らめて、しかし手は少しも動かさなかった。ゆるく握った形の泰生の手に、潤は自分のいいところが当たるように擦りつける。

バスタブの底に膝をつき、腰を揺らす自分はどれだけ淫らだろう。そんなことも気付かないほど、今の潤は官能に溺れていた。

「ぁ、あっ、もっ……も、ダメ、あっ」

一気に押し寄せてきた快感に泰生の頭を抱え込んだとき、

「ぁ…ぁあああ――――…っ」

泰生の唇が敏感な乳首を咥《くわ》え込むのを感じた。ジュッと乳首を強く吸われたとき、さらに高く意識が浮き上がった気がして目の前が真っ白になる。

「あー……今のすっげぇ興奮した。もっかい見たい」

「何、泰…泰生っ、今そんな…し……や、んん――っ」

潤の屹立からすべての精を絞り出すように、その時になって初めて泰生の手が動き出す。潤の屹立を巧みに揉み上げて擦り上げ、潤はさらにもう一度背中をしならせてしまった。

「は……は、ん……」

立て続けに二度もいってしまったせいか体からはすっかり力が抜けてしまい、潤は湯の中に危うく沈みそうになる。それを泰生が慌てたように支えてくれた。

「っと、悪ぃ。ちょっと自分の欲望に走った」

ばつが悪そうに呟く泰生に、腕に抱かれたままの潤は微かに首を横に振った。

自分こそ夢中になっていた。泰生を置き忘れて、ひとりだけで快感を追ってしまったのだ。それが申し訳なくて、恥ずかしくて、悔しくて、力の出ない腕でそっと泰生に触れる。息が上がってまだ言葉は出せなかったが、潤の目を見て気持ちを悟ってくれたのか、泰生はにっと唇を大きく引き上げて笑ってくれたけれど。

そして――、

「なぁ……まだ、いけるだろ？」

セクシャルな光をたたえる瞳に、潤は魅入られたように頷いていた。

そこから泰生の行動は早かった。潤を抱き上げると、バスローブで包んでベッドへと連れて行く。潤の体をとろとろに蕩《とろ》かして奥を開く準備も、いつもより性急だった。

「は……、ぁ…指……ぃ、嫌っ」

「嫌って、潤のここはもうぐちゃぐちゃだぜ」

「んんっ、やっ……ぁあっ」

「ふぅん？　嫌って、感じすぎて嫌って意味か」

欲情に濡れた声で泰生が笑い、潤は体を震わせる。体の奥で泰生の指が蠢《うごめ》いていた。笑いながら泰生が指を出し入れするような動きを始めたため、潤は切なげに唇を震わせた。

行為の前に泰生が言っていた『怖い目に遭ったから生存本能が働いてエロい気持ちになっている』のか。今日は特に快感に弱くなっている潤の体は、泰生に触られるだけで電気が走るような刺激に襲われるのだ。ましてや、ゼリーをたっぷり使って敏感な秘所を解されると、戦慄《わなな》くような快感に潤は悶《もだ》えてしまう。

「つん、んっ、ぃ……っ」

後孔からいやらしい水音が聞こえるのは泰生に執拗に弄《いじ》られているからだが、浅ましくも潤の体はもっと多くの気持ちよさを求めて逆に泰生の指を飲み込もうとしている気がした。

「やーらしぃな。吸いついてくる」

「っ…んんん――っ」

それを証明するように泰生が舌舐めずりをしながら呟き、潤の中に入れている指をねっとりかき混ぜてくる。指の腹を当てたまま壁を擦られると、たまらないような疼きが深い部分からこみ上げてきた。その指がほんの少しずれれば前立腺に触れるのだ。触れて欲しいような、このまま触れないで欲しいような、自分でもわからないもどかしさに涙がこみ上げてくる。

「んーっん、やぁ、あっ……もっ…ダメ……ぁっ」

「その声、おれの方がゾクゾクする。っ…ぅ……鳥肌がすげぇ」

「ぁ、あ――…っ」

蕩けた蕾《つぼみ》の中に指を入れたまま、泰生が潤の屹立を咥え込んできた。敏感な欲望を舐めしゃぶられて、潤は腰を痙攣させる。が、すんでのところで泰生は潤の欲望を解放した。

「あ……っ…泰っ…せっ」

潤が顔を上げると、泰生はじっとり熱を孕《はら》んだ目で見上げてくる。

「なぁ、欲しいって言えよ。潤？　おれが欲しいって言葉が聞きたい」

「あ、もっ……ほ…しぃ、欲しいっ、泰生っ」

縋りつくように声を上げると、泰生が乱暴に指を引き抜いた。加減が利かないような強い力で潤の膝を摑んで、大きく開く。

蕩けた蕾に押し当てられた怒張の熱さに、腰の奥が痺れた。

「ぁ、う……っ――ぅ…」

それまでの乱暴なしぐさからは想像も出来ないほど、泰生の欲望はゆっくりと入ってくる。とろりと熟れた果実のような肉壁を硬い切っ先で貫いて、泰生は奥へと分け入った。潤の内部をいっぱいいっぱいに押し開く熱塊の質量にも潤は圧倒される。

どうしよう。こんなに泰生のって大きかったっけ。こんなのすごい……っ。

潤は甘い戦慄に身を震わせて首を振った。

「ダ……メ、ダメっ……ぁ、これ以上は……怖……ぃっ」

潤はあえかな声でこれ以上内部を拓《ひら》かれることを拒んだのに、泰生はそれを聞いてさらに腰を進めてくる。

「あー、ようやく潤を感じられたな……」

潤の中に深く自らの雄《おす》を埋めた泰生が、少し息が上がった様子でしみじみと呟いた。

貫かれた衝撃に体を震わせていた潤は、ゆっくり瞼を押し上げる。と、目が合った泰生は潤を食い入るように見下ろしていた。

「泰……生？」

「こうしてセックスしておまえの熱を感じて、ようやくおまえの無事を実感出来た気がする。あの時、バスルームでおまえの姿を見たときは頭が沸騰するかと思った。間に合ってホッとしたが――時間がたつほど、あの時がマジぎりぎりだったんだってゾッとしてくる。おまえが無事で本当によかった」

泰生が苦く笑みを浮かべるのを見て、潤は胸が熱くなった。

あの時潤は自分がいっぱいいっぱいだったから無我夢中で泰生に抱きついてしまったけれど、そんな必死さゆえに潤が感じた死の恐怖を泰生も感じ取ったのかもしれない。先ほど同じようなことを話したあと泰生が性急にキスを求めてきたのも、その感情を引きずっていたせいか。

そんな泰生に何て言ったらいいか迷った。謝りたくもあったしたくさん礼も言いたかった。泰生の気持ちが嬉しいと抱きつきたかったし泰生が助けてくれたから自分は生きているんだと伝えたかった。もう大丈夫だとも。

じんわり潤む目を擦って、潤は泰生の端整な顔を見上げる。

「泰生、好き……愛してます」

自分の足を掴む泰生の手に指を伸ばして、潤はすべての気持ちを伝えることにした。

その瞬間、泰生は大きく目を見開く。きれいな黒曜石の瞳がこぼれ落ちるかと思った。

「っ……おまえ」

しばし絶句して潤を見つめていたかと思うと、泰生はくっと喉で笑う。

「やっぱ、おまえ最強だわ」

「んっ、ん……どういう意味ですか？」

わけがわからず見上げる潤に、泰生は笑って教えてはくれなかった。いや、泰生に問いつめるより先に潤の体が音《ね》を上げてしまったのだ。泰生が体を揺らして笑うせいで、繋がっている部分が変に刺激されておかしくなる。

「っ…くぅ……ん」

「はいはい。待たせたな、ガツガツ行くぜ」

傲岸不遜さを取り戻した泰生は尊大に笑って、潤の足をさらに大きく開いた。そうして泰生がゆっくり動き出す。幾度か抜き差しを繰り返していたかと思うと、泰生が動きを変えた。

「ぁんっ……っ、ぃ…ぁ……あぅっ」

熱い凶器を中から引きずり出してしまうほど腰を引き、勢いよく押し入れる。張った先端が前立腺をかすめていき、潤は顎を仰《の》け反《ぞ》らせた。

抜き差しはどんどん早くなっていく。ガツガツ行くと言った通りに容赦ない動きだった。柔らかい粘膜を抉る熱の塊に潤は逃げようと体をくねらせる。ねちねちと奥をかき回されると、滾《たぎ》った熱棒に体の中を好き勝手に混ぜ返されている感じがした。

苦しくて泣きそうなほど気持ちよくて、潤の腰はゆっくり揺れ始める。

「っ……エロい体しやがって」

「ぁ、あっ……だって」

「別に悪いなんて言ってねぇだろ。大歓迎だって」

にやりと唇を歪めるように笑って、泰生は潤の足を抱えた。深部まで達する熱に、潤は口を大きく開けてはくはくと空気を求めた。

「ふっ…ぅん、あ、ぁうっ」

目を開けると、ほとんど真上から泰生は潤を甘く苛《さいな》んでいた。見上げる泰生の瞳は熱く蠱惑《こわく》的に輝き、快感をこらえるような歪んだ唇はひどく官能的だ。

体ごと大きく揺すぶられながら、潤は視覚さえも犯されているような気がした。

「んーんっ、ぁ、あ、ひっ――――…っ」

ぞくぞくとした甘い疼きに、潤はあられもない悲鳴を上げ続ける。

「……ぅっ……ヤバい、今日はおまえに引っぱられる」

呻くような泰生の声を聞いたあとはさらにピッチが上がった。足を折り畳まれるようにして最奥まで泰生の肉塊に征服されていく。強く揺さぶられて、かき回されて抉られた。

その激しさに潤はたちまちのうちに絶頂へと連れ上げられる。

「泰っ…せ、っぃ…く……いく…からぁっ」

「……クッソ、おまえふざけんな。気持ちよすぎんだよっ」

舌打ちをして、泰生が鋭く怒張を突き入れた。

一度、二度、三度目にそれは来た――目の前に火花が散って肌が総毛立ち、潤は精を吐き出していた。泰生の熱が弾けたのも同じタイミングだったことがたまらなく幸せに感じた。


「わ、ペペギョームが緊張しています」

「ロジェもすげぇしかめっ面。めでたい式なのに」

「まったく、二人とも男のくせに格好悪いわ。大事な晴れ舞台を決められなくてどうするのかしら。私が後ろからひっぱたいてあげればシャンとするかしらね？」

教会へと入ってきたギョームとロジェの姿を見て、潤と泰生とコンテッサは小さな声でしゃべり合う。そんな潤たちに、祭壇へと続く中央の通路をタキシード姿で歩くロジェがジロリと睨んできた。潤はしまったと首を竦めたが、ロジェの隣を歩くギョームは興奮したように頬を赤らめて真っ直ぐ前を向いたままなのが印象的である。

「おぉ、ギョームは外野がまったく目に入ってねぇ」

そんな姿に、泰生が楽しそうに肩を揺らしていた。

拉致事件から二日後、潤たちは何とギョームとロジェの結婚式に参加していた。

場所は別荘内に建つ教会だ。見た目はこぢんまりとしているが、造りや装飾はさすが貴族の教会だった。漆喰《しっくい》の白い壁も美しいが、内部はさらに贅沢だ。キリストやマリアの像が精緻に彫り込まれた祭壇やステンドグラスをはめ込まれた大きな窓、リブ・ヴォールトの高い天井も見事なゴシック建築である。

祭壇の前へと進んだギョームとロジェの頭上には、まるで二人を祝福するようにステンドグラスの窓から極彩色の光が落ちてきていた。

先日のパーティーのときには少し前向きになっていたがそれでもまだ結婚には踏み切れずにいたロジェが今回こうして承諾したのは、セバスティアンの脅迫問題がなくなったせいもあるが、一番はギョームと話をしたからだという。

これまで戸惑ったり臆したりしていたロジェの話を聞いて、ギョームは真剣な顔で頷き、

『僕は、君を戸惑いからも不安からも——何ものからも守れる男だと信じてもらうために、これからの時間をすべて使って口説いていく』

と力強く言ったらしい。その言葉を聞いて、ロジェは結婚を了承した。

『私にとってのプロポーズの言葉は、それだった』

ロジェが潤にこっそり教えてくれたのろけ話だ。

それに、ギョームが目の前でヴァレリーをきちんと拒絶してくれたことも大きかったとロジ

ェは話してくれた。自分ではもう許したつもりでいたが、しかし四十年前にギョームが自分ではなくヴァレリーを選んだことに対してのわだかまりが胸のどこかで燻《くすぶ》っていたようだ、と。だから胸がすく思いがしたし、ギョームを今度こそ本当に許せた気持ちになったらしい。

ロジェから結婚の承諾を受けて、ギョームは飛び上がって喜んだ。そして気持ちが変わらないうちにと別荘の教会で結婚式を挙げることにしたようだ。

恥ずかしがり屋のロジェがよく結婚式をすることを了承したと潤は密かに驚いていたが、実は潤のおかげだとギョームから感謝をされた。というのも、以前潤が話して聞かせたシャフィークでのロマンティックな結婚式で、皆に祝福されて幸せだったという言葉にロジェは心を動かされたという。それもあり、何とロジェの方から潤や泰生にも祝福されたいと相談されたそうだ。そこにコンテッサ・サヴォイアも参加することになったのは、嬉しい誤算である。

そういうわけで、潤たちのカプリ島滞在も残り少なくなった今日、ギョームとロジェの結婚式が執《と》り行われていた。

「汝を夫とし、今日よりいかなるときもともに――」

フランスから呼んだという聖職者が誓いの言葉を一句ずつ読み上げ、それをギョームとロジェが声を揃えて復唱していく。誓いの言葉を朗々と読み上げるギョームの声は誇らしげでさえあった。

「──幸せなときも、困難なときも、富めるときも、貧しきときも、病めるときも、健やかなるときも、死が二人を分かつまで愛を誓い、慈しみ、貞節を守ることをここに誓います」

祭壇の前で二人が誓い終わったとき、潤は思わず涙ぐんでしまった。

潤たちは泰生が考えてくれたオリジナルの言葉で結婚を誓ったが、昔からある伝統的な誓いも神聖でとても幸せな気分にさせてくれる。

見ると、ギョームとロジェも感激で頬を紅潮させていた。二人は情熱的に見つめ合い、そのまま誓いのキスへなだれ込んでしまった。

「少し長くないか?」

「いいじゃないですか、長くても」

泰生と潤が小声で話している間も二人のキスは続いていて、とうとう聖職者から咳払いをされたくらいだ。それでもギョームはまだキスを続けようとしたが、ロジェは顔を真っ赤に染め上げて飛び上がるように体を離していた。

「さぁ、ライスシャワーよ。あんなキスを見せつけた二人に思いっきり投げつけなければね。ジュン、タイセイ、行くわよ」

今日はひときわ鮮やかなオレンジのドレスを纏ったコンテッサも口には出さないだけで二人の熱々ぶりに呆れていたようだ。両腕に泰生と潤を引き連れて率先して教会の外へと歩いて行く。その勢いに、潤は引っぱられるままだ。

生米を投げるって、当たったらけっこう痛い気がするんだけどな……。

ライスシャワーとは、教会から出てくる二人に祝福を込めて米を投げるヨーロッパの習慣だ。実際用意されていた器には色づけされた生米の他に花びらも混ぜてあって、潤はほっとして手に取る。二人はいつ出てくるかと待っていたら、教会の鐘が高らかに鳴り響いた。それが合図だったようにドアが開く。腕を組んで出てきた二人に、潤はたまらず一番に声を上げた。

「おめでとうございます！　ペペギョーム、ロジェ！」

「おめでとう。いい結婚式だったぜ」

泰生も続けて祝福の言葉をかけた。ライスシャワーを始めたのはコンテッサが最初だ。

「この私が祝福してあげるのだから、幸せにならなくてはいけないわよ。独り身の私によくもあんなキスを見せつけてくれたわね。思い知りなさいっ」

「ちょっ、痛い、痛いよ！　コンテッサ。本気で投げるなんてひどいじゃないか。ロジェ、大丈夫かい。タイセイ、君も！」

手荒い祝福にギョームがたまらず背中を向け、ロジェを守るように抱きしめる。そんな二人にコンテッサのライスシャワーがさらに威力を増したのは気のせいだろうか。泰生も面白がって便乗している。そんな四人の騒動に潤はどうすればいいのかと右往左往していたが、

「ほら潤も、祝福するんだろ？」

笑顔で振り返ってくる泰生に、潤も覚悟を決めた。生米と花びらを半々ずつ摑み直すと、ギヨームの背中めがけて投げつける。が、タイミング悪くその瞬間にギヨームが方向転換したせいで、新郎の胸に抱きしめられていたロジェの顔に当たってしまったのだ。

「わーっ、すみません！　ロジェ、顔に当てるつもりなんてなかったんですぅっ」

慌てる潤に、泰生とコンテッサは腹を抱えて大笑いを始め、ギヨームは「どうしてくれるんだい、守れなかったじゃないか」と恨めしげに見つめてきた。唯一の救いは、ロジェが苦笑して大丈夫だと首を振ってくれたことだ。

さらに大きな騒動へと発展した潤たちの頭上で、教会の鐘は未だ軽やかに鳴り響いていた。

Fin.

あとがき

こんにちは。初めまして。青野ちなつです。

この度は『寵愛の恋愛革命』をお手に取っていただきましてありがとうございます。恋愛革命シリーズとしては十一冊目、スピンオフを入れると十二冊目になります。

今回は潤と泰生の夏休み。前巻、夏休みに突入してもちょっとバタバタしていた二人なので、本作ではゆっくりバカンスを楽しむことになりました。

行き先は南イタリアです。イタリアは一度書きましたが、資料を読み込むと、イタリアの北と南では風土も人間性もまったく違うんです。それが興味深くて楽しくて、読者さまに南イタリアの美しい海と明るい気風を少しでも伝えられたらと思って書き上げたお話です。

イタリアは食も美味しそうなものばかり。カバーのプロフィールにも書いた『リモンチェッロ』は今回の舞台であるカプリ島でも作られています。どんなものかと思って過日手に入れたレモンリキュールはストレートで飲むには少々きついアルコール度数なのですが、レモネードやミルクティーなどに入れると思わぬ美味しさで、資料として以上に楽しんでいます（笑）

さてさて。相変わらず仲がいい潤と泰生ですが、今作では同じくらいラブラブのおじいちゃんカップルが登場します。フランス・パリが舞台の『情熱の恋愛革命』で出てきたギョームとロジェは密かに人気らしく、彼らの再登場には担当女史からも早々にＯＫの返事をいただきました。ロジェの意地っ張り具合もギョームの甘えっぷりも、書いていてとても楽しかったです。

今回もすてきなイラストを描いていただいた香坂あきほ先生、本当にありがとうございました。毎回どんな表紙か、ピンナップやイラストかとワクワクしてなりません。愛情たっぷりの潤と泰生を描いてくださってとても嬉しいです。

毎度ながら、ご迷惑をおかけしております担当女史にも感謝を申し上げます。特に今回はスケジュールが乱れに乱れて、お手数をおかけいたしました。バタバタした中でもいつもと変わらないつもりで仕上げた原稿でしたが、校正でチェックすると思ってもみなかった文章や構成を見つけて、自分の心理状態が普通ではなかったのだなと不思議な気持ちになりました。温かいお言葉にも力づけられた次第です。ありがとうございました。

最後になりましたが、いつも応援してくださる親愛なる読者の皆さま、また本書に携わってくださったすべての方々に、心から御礼を申し上げます。

また次の作品でもお目にかかるのを楽しみにしております。

二〇一五年　鈴虫の鳴く頃　　青野ちなつ

初出一覧

寵愛の恋愛革命　/書き下ろし

B-PRINCE
http://b-prince.com

B-PRINCE文庫をお買い上げいただきありがとうございます。
先生へのファンレターはこちらにお送りください。

〒162-0825
東京都新宿区神楽坂6-46　ローベル神楽坂ビル5階
リブレ出版(株)内　編集部

寵《ちょう》愛《あい》の恋《れん》愛《あい》革《かく》命《めい》

発行　2015年10月7日　初版発行

著者　青野ちなつ

発行者　塚田正晃

出版企画・編集　リブレ出版株式会社

プロデュース　アスキー・メディアワークス
〒102-8584　東京都千代田区富士見1-8-19
☎03-5216-8377（編集）
☎03-3238-1854（営業）

発行　株式会社KADOKAWA
〒102-8177　東京都千代田区富士見2-13-3

印刷·製本　旭印刷株式会社

小社ホームページ　http://www.kadokawa.co.jp/

Printed in Japan
ISBN978-4-04-865396-1 C0193